李 尔 王

[英]威廉·莎士比亚 ◎ 著　　朱生豪 ◎ 译

图书在版编目（CIP）数据

李尔王 /（英）威廉·莎士比亚著；朱生豪译. -- 成都：四川大学出版社，2025. 1. -- ISBN 978-7-5690-7243-3

Ⅰ. I561.33

中国国家版本馆 CIP 数据核字第 2024DQ7954 号

书　　名：	李尔王
	Li'er Wang
著　　者：	［英］威廉·莎士比亚
译　　者：	朱生豪

责任编辑：李金兰
责任校对：喻　震
装帧设计：曾冯璇
责任印制：李金兰

出版发行：四川大学出版社有限责任公司
　　　　　地址：成都市一环路南一段 24 号（610065）
　　　　　电话：（028）85408311（发行部）、85400276（总编室）
　　　　　电子邮箱：scupress@vip.163.com
　　　　　网址：https://press.scu.edu.cn
印前制作：人天兀鲁思（北京）文化传媒有限公司
印刷装订：北京文昌阁彩色印刷有限责任公司

成品尺寸：145 mm×210 mm
印　　张：8.75
字　　数：191 千字

版　　次：2025 年 1 月 第 1 版
印　　次：2025 年 1 月 第 1 次印刷
印　　数：1-3000 册
定　　价：68.00 元

本社图书如有印装质量问题，请联系发行部调换

版权所有 ◆ 侵权必究

四川大学出版社
微信公众号

目录

李尔王

第一幕

第一场　李尔王宫中大厅 5
第二场　葛罗斯特伯爵城堡中的厅堂 16
第三场　奥本尼公爵府中一室 23
第四场　同前。厅堂 24
第五场　奥本尼公爵府外院 37

第二幕

第一场　葛罗斯特伯爵城堡庭院 41
第二场　葛罗斯特城堡之前 46
第三场　荒原之一处 52
第四场　葛罗斯特城堡前 53

第三幕

第一场　荒原 65
第二场　荒原另一处 67
第三场　葛罗斯特城堡中一室 71
第四场　荒原上茅屋前 72
第五场　葛罗斯特城堡中一室 79
第六场　邻接城堡的农舍一室 80
第七场　葛罗斯特城堡中一室 85

第四幕

第一场　荒原..................91

第二场　奥本尼公爵府前..................95

第三场　多佛附近法军营地..................99

第四场　同前。帐幕..................101

第五场　葛罗斯特城堡中一室..................102

第六场　多佛附近的乡间..................104

第七场　法军营帐..................116

第五幕

第一场　多佛附近英军营地..................120

第二场　两军营地之间的原野..................123

第三场　多佛附近英军营地..................124

奥赛罗

第一幕

第一场　威尼斯。街道..................141

第二场　另一街道..................148

第三场　议事厅..................152

第二幕

第一场　塞浦路斯岛海港一市镇。码头附近的广场........166

第二场　街道 177

第三场　城堡中的厅堂 178

第三幕

第一场　塞浦路斯。城堡前 193

第二场　城堡中一室 196

第三场　城堡前 196

第四场　城堡前 215

第四幕

第一场　塞浦路斯。城堡前 224

第二场　城堡中一室 236

第三场　城堡中另一室 246

第五幕

第一场　塞浦路斯。街道 252

第二场　城堡中的卧室 258

李尔王

剧中人物

李尔：不列颠国王

法兰西国王

勃艮第公爵

康华尔公爵

奥本尼公爵

肯特伯爵

葛罗斯特伯爵

埃德加：葛罗斯特之子

埃德蒙：葛罗斯特之庶子

克伦：朝臣

奥斯华德：戈纳瑞的管家

老翁：葛罗斯特的佃户

医生

弄人

埃德蒙属下一军官

科迪利娅一侍臣

传令官

康华尔的众仆

戈纳瑞、里甘、科迪利娅：李尔王的女儿

扈从李尔的骑士，军官、使者、兵士及侍从等

地点

不列颠

第 一 幕

第一场　李尔王宫中大厅

【肯特、葛罗斯特和埃德蒙上。

肯特： 我原来以为王上对奥本尼公爵比对康华尔公爵更有好感。

葛罗斯特： 我们一向都觉得是这样；可是这次在国土的划分中，却看不出他对这两位公爵中的谁更看重；因为他分配得那么平均，无论他们怎样斤斤较量，都不能说对方比自己占了便宜。

肯特： 大人，这位是令郎吗？

葛罗斯特： 他的出生要归我负责；我常常不得不红着脸承认他，现在惯了，也就脸皮厚了。

肯特： 我不懂您的意思。

葛罗斯特： 不瞒您说，这小子的母亲没有嫁人就大了肚子生下他来。您想这应该不应该？

肯特： 生下的儿子这样好，我不能但愿这错误不曾发生。

葛罗斯特： 我还有一个合法的儿子，年纪比他大一岁，然而我并不

5

更喜欢他。这畜生虽然不等召唤就自己莽莽撞撞来到这世上,可是他的母亲是个迷人的东西,我们在制造他的时候,曾经有过一场销魂的游戏,这孽种我不能不承认他。埃德蒙,你认识这位贵人吗?

埃德蒙: 不认识,父亲。

葛罗斯特: 肯特勋爵。从此以后,你该记好他是我的尊贵的朋友。

埃德蒙: 大人,我愿意为您效劳。

肯特: 我一定会喜欢你,希望以后能够常常见面。

埃德蒙: 大人,我一定尽力不辜负您的垂爱。

葛罗斯特: 他已经在国外九年,不久还是要出去的。王上来了。

【喇叭奏花腔。李尔、康华尔、奥本尼、戈纳瑞、里甘、科迪利娅及侍从等上。

李尔: 葛罗斯特,你去招待招待法兰西国王和勃艮第公爵。

葛罗斯特: 是,陛下。(下)

李尔: 现在我要向你们说明我的心事。把那地图给我。告诉你们吧,朕已经把朕的国土划成三部分;朕因为年纪老了,决心摆脱一切公务和操心事的牵累,把责任交卸给年轻力壮之人,让自己好脱去负担,慢慢地走向死亡。康华尔和奥本尼两位贤婿,为了预防他日的争执,我想还是趁现在把我的几个女儿的嫁奁加以公布。法兰西和勃艮第两位君主正在竞争我的小女儿的爱情,他们为了求婚而住在朕的宫廷里已经有好多时候了,现在该得到答复。孩子们，在我即将放弃我的统治权、领土和国事的重任的时候，告诉我，你们中间哪一个最爱我？我要看看谁的天性之爱最值得奖赏，我就给她最大的恩惠。戈纳瑞，我的大女儿，你先说。

戈纳瑞：父亲，我对您的爱，不是言语所能表达；我爱您胜过视力、世界和自由；超越一切可以估价的贵重稀有的事物；不亚于兼有天恩、健康、美貌和荣誉的生命；不曾有一个女儿这样爱过他的父亲，也不曾有一个父亲这样被他的女儿所爱；这种爱使口舌和言辞都无能为力；我对您的爱比所有上述都加起来还要多。

科迪利娅：（旁白）科迪利娅应该怎么说呢？只好默默地爱着吧。

李尔：在这些疆界以内，从这条线到这条线，所有浓密的森林、膏腴的平原、富庶的河流、广大的牧场，都要奉你为女主人。这一块土地永远归你和奥本尼的子孙所有。我的二女儿，最亲爱的里甘，康华尔的夫人，你怎么说？

里甘：我跟姐姐是一样的，您凭着她就可以判断我。在我的真心之中，我觉得她刚才所说的话，正是我爱您的实际的情形，不过她还说得不够：我宣布厌弃敏锐的知觉所能感受到的其他一切快乐，只有您陛下的爱才是我的幸福。

科迪利娅：（旁白）那么，科迪利娅就可怜了！可是也不尽然，因为我深信我的爱心比我的口才更为丰富。

7

李尔：这一块从朕的美好的王国中划分出来的三分之一的沃壤，将是你和你的子孙永远世袭的产业，和戈纳瑞所得到的一份同样的广大，同样的富庶，也是同样的佳美。现在，我的宝贝，虽然是最后的一个，却并非最不重要的；法兰西的葡萄和勃艮第的牛奶在竞争得到你的青春之爱；你有些什么话，可以换到一份比你两个姐姐更富庶的土地？说吧。

科迪利娅：父亲，我没有话说。

李尔：没有？

科迪利娅：没有。

李尔：没有只能换到没有；重新说过。

科迪利娅：可叹我不会把我的心事从嘴里说出来；我爱您只是按照我的义务，一分不多，一分不少。

李尔：怎么，科迪利娅！把你的话修补一下，否则你要毁了你自己的幸运了。

科迪利娅：父亲，您生我，养我，爱我，我理当尽义务回报，服从您，爱您，敬重您。如果我的姐姐们说要用她们整个的心来爱您，那她们为什么要有丈夫呢？有一天我出嫁了，那接受我的忠诚誓约的丈夫，将要得到我的一半的爱、我的一半的关心和义务；假如我只爱我的父亲，我一定不会像我的姐姐们一样去嫁人的。

李尔：这些话果然是从你心里说出来的吗？

科迪利娅：是的，好父亲。

李尔：年纪这样轻，却这样没有良心吗？

科迪利娅：父亲，我年纪虽轻，心是忠实的。

李尔：好，那么让你的忠实做你的嫁奁吧。凭着太阳神圣的光辉，凭着黑夜的神秘，凭着主宰人类生死的星球的运行，我在这里宣布和你断绝一切父女之情和血亲的关系，今后永远把你当做一个路人看待。啖食自己儿女的野蛮的生番，比起你，我的旧日的女儿来，也不会更受我的憎恨。

肯特：陛下——

李尔：闭嘴，肯特！不要来批怒龙的逆鳞。我本来最爱她，想要在她的殷勤看护之下终养我的天年。去，不要让我看见你！让坟墓做我安息的眠床，我从此割断对她的父爱了！叫法兰西王来！都是死人吗？叫勃艮第来！康华尔和奥本尼，你们已经分到我的两个女儿的嫁奁，现在把我第三个女儿的那一份也拿去分了吧；让骄傲，她自己称之为坦白的，和她结婚吧。我把我的权力、至高无上的地位和君主一切的尊荣一起给了你们。我自己只保留一百名骑士，在你们两人的地方按月轮流居住，由你们负责供养。我只保留国王的名义和尊号，所有行政的大权、国库的收入和大小事务的处理，完全交在你们手里；为了证实我的话，两位贤婿，我赐给你们这一顶宝冠，归你们分享。

肯特：尊严的李尔，我一向敬重您为国王，爱您如父亲，追随您为主人，我在祈祷中总是祝福您为伟大的恩主——

李尔：弓已经弯好拉满，你留心躲开箭锋吧。

肯特：让它落下来吧，即使箭镞会刺进我的心里。李尔既发了疯，肯特只好不顾礼貌了。你究竟要怎样，老头儿？你以为在权力向谄媚低头的时候，尽忠守职的臣僚就不敢说话了吗？君主干下愚蠢的事情，直言极谏就是光荣的。保留你的权力，仔细考虑一下，停止这一可怕而鲁莽的举措吧。我以生命担保我的判断：你的小女儿并不是爱你最少的一个；微弱的声音也并不反映空虚和假心假意。

李尔：肯特，你要是想活命，赶快住嘴。

肯特：我的生命本来是预备向你的仇敌抛掷的；为了你的安全，我也不怕把它失去。

李尔：走开，不要让我看见你！

肯特：瞧明白些，李尔，还是让我永远留在你的眼前吧。

李尔：凭着阿波罗起誓——

肯特：凭着阿波罗，老王，你向神明发誓也是没用的。

李尔：啊，可恶的奴才！（以手按剑）

奥本尼、康华尔：陛下请息怒。

肯特：好，杀了你的医生，把你的恶病养得一天比一天厉害吧。赶快撤销你的赠予，否则只要我的喉舌尚在，我就要大声疾呼，告诉你你做了错事啦。

李尔：听着，逆贼！如果你还是臣子，听我说！你想要使我毁弃我的不容更改的誓言，以你的不法的傲慢对我的命令和权力妄加阻挠，这种态度，我的天性和地位都不能容忍。为了维持王命的尊严，不能不给你应得的处分。我现在宽容你五天的时间，让你预备些应用的衣服、食物，以抵御尘世的困苦。在第六天上，你那可憎的身体必须离开我的王国。要是在此后十天之内，我们的领土上再发现了你的踪迹，那时候就要把你当场处死。滚吧！凭着朱庇特发誓，这一判决是无可改变的。

肯特： 再会，国王，你既不知悔改，

囚笼里也没有自由存在。（向科迪利娅）

神明庇护你，善良的女郎！

你想得正确，说得十分恰当。（向里甘、戈纳瑞）

愿你们照你们的夸口去做，

爱的言辞会变成事实。

各位王子，肯特从此远去；

到新的国土走他的旧路。（下）

【喇叭奏花腔。葛罗斯特带法兰西国王、勃艮第及侍从等重上。

葛罗斯特： 陛下，法兰西国王和勃艮第公爵来到。

李尔： 勃艮第公爵，现在我先对您说话：您跟这位国王争着要得到我的女儿。您希望她至少要有多少陪嫁的奁资，否则宁愿放弃对她的追求？

勃艮第：最尊敬的陛下，照着您所已经答应的数目，我就很满足了；想来您也不会再吝惜的。

李尔：尊贵的勃艮第，当她为我所宠爱的时候，我是把她看得非常珍重的，可是现在她的价格已经跌落了。公爵，她站在那儿，一个弱小的身躯，要是除了我的憎恶以外，我什么都不给她，而您仍然觉得她有中意的地方，或者整个儿使您满意，那么她就在那儿，您把她带去好了。

勃艮第：我不知道怎样回答。

李尔：她只是纤弱一身，没有亲友的照顾，新近遭到我的憎恨，咒诅是她的嫁奁，我已经发誓和她断绝关系，您还是愿意要她呢，还是把她放弃？

勃艮第：恕我，陛下，在这种条件之下，决定取舍是不可能的事。

李尔：那么放弃她吧，公爵。凭着造物主起誓，我已经告诉您她的全部财富。（向法兰西国王）至于您，伟大的国王，我不愿把一个我所憎恶的人匹配于您而致失去您的友谊；所以请您还是丢开这个几乎为自然所羞于承认的人，另找一个更值得的佳偶吧。

法兰西国王：这太奇怪了，她刚才还是您的眼中的珍宝、您的赞美的题目、您的老年的安慰、您的最心爱的人儿，怎么转瞬间就会干下这么一件罪大恶极的行为，以致丧失了您的深恩厚爱！她所犯的一定是违背天性的恶行，不然一定是您以前公开宣布的爱心变了质；可是除非那是一桩奇迹，我无论如何不相信她会干那样的事。

科迪利娅：我再次请求陛下——如果我缺少油滑的口才，不会讲违心的话，因为凡是我心里想到的事，我总是先做后说——我请求您让世人知道，我所以失去您的欢心，并不是因为我有什么丑恶的污点、淫邪的行动，或是不名誉的举止；而只是因为我缺少像人家那样的一双经常献媚乞求的眼睛，一条我认为可耻的善于逢迎的舌头，虽然没有了这些使我失去您的宠爱，可是唯其如此，却使我格外充实。

李尔：你不能讨我高兴，还不如没有把你生养下来的好。

法兰西国王：只是为了这一个原因吗？一种天生的口齿的迟钝，它常常使想做的事未经说出？勃艮第公爵，您对这位公主意下如何？爱情要是搀杂了和它本身不相关涉的考虑，那就不是真的爱情。您愿不愿意娶她？她自己就是一注无价的嫁奁。

勃艮第：尊严的李尔，只要把您原来已经允许过的那一份嫁奁给我，我现在就可以使科迪利娅成为勃艮第公爵的夫人。

李尔：什么都不给；我已经发过誓，我已经决定了。

勃艮第：那么我很遗憾，您失去父亲的方式使您必须再失去一个丈夫了。

科迪利娅：愿勃艮第平安！既然他所爱的只是财产，我也不愿做他的妻子。

法兰西国王：最美丽的科迪利娅！你因为贫穷，所以是最富有的；

因为被遗弃,所以是最可贵的;因为遭轻视,所以最蒙我怜爱。我现在把你和你的美德一起攫在我的手里;人弃我取是合法的。天啊天!想不到他们的冷酷的轻视,却激起我热烈的敬爱。陛下,您的没有嫁奁的女儿由命运掷了给我,现在是我的王后、我全部财产的王后、我们美丽的法兰西的王后了;沼泽之邦的勃艮第所有的公爵都不能从我手里买去这无价之宝的女郎。科迪利娅,向他们告别吧,虽然他们是这样无情;你失去了故国,将要得到一个更好的家乡。

李尔:你带了她去吧,法兰西王,让她归你吧,我没有这样的女儿,也再不要看见她的脸,因此走吧,既没有我的恩宠和爱,也没有我的祝福。来,尊贵的勃艮第。(喇叭奏花腔。李尔、勃艮第、康华尔、奥本尼、葛罗斯特、埃德蒙及侍从等同下)

法兰西国王:向你的姐姐们告别。

科迪利娅:父亲眼中的两颗宝玉,科迪利娅用泪洗过的眼睛向你们告别。我知道你们是怎样的人;因为碍着姊妹的情分,我不愿直言指斥你们的错处。好好对待父亲;你们自己说是孝敬他的,我把他托付给你们了。可是,唉!要是我没有失去他的欢心,我一定给他找一个更好的地方。再会了,两位姐姐。

里甘:用不到你教训我们尽责。

戈纳瑞:你还是去小心伺候你的丈夫吧,他接受你是作为命运的施舍;你自己不愿顺从,今天空手而去也是活该。

科迪利娅：时间将会显示奸诈所包藏的是什么；谁掩饰过错，最后免不了出乖露丑。愿你们繁荣昌盛！

法兰西国王：来，我美丽的科迪利娅。（与科迪利娅同下）

戈纳瑞：二妹，我有许多对我们两人切身有关的事要跟你谈。我想，父亲今晚就要离开此地。

里甘：那当然，他要住到你们那儿去；下个月跟我们住。

戈纳瑞：你瞧他现在老了，脾气多么变化不定；我们已多次注意到这点了。他一向最爱小妹，现在他把她撵走，可见他多么糊涂。

里甘：这是他老年的昏悖，而且他向来缺乏自知之明。

戈纳瑞：他年轻健壮的时候性子就很急躁，现在他老了，我们得准备不仅对付他的长期形成的坏习惯，而且对付身体衰弱加火性给他带来的喜怒无常了。

里甘：他把肯特也放逐了。我们也可能会遇到他这种突如其来的任性行为。

戈纳瑞：法王回国，跟他还有一番辞行的礼节。让我们商量一下；要是父亲凭着他这种脾气滥施威权起来，这一次的让权只会损害我们。

里甘：我们还要仔细考虑一下。

戈纳瑞：我们必须想个办法，而且要趁热打铁。（同下）

第二场　葛罗斯特伯爵城堡中的厅堂

【埃德蒙持信上。

埃德蒙：大自然，你是我的女神，我为你的法律尽职效劳。为什么我要受习俗的欺凌，让世人的挑剔剥夺我的权益，只因为我比哥哥迟生了一年或是十四个月？为什么我叫私生子？为什么我卑贱？我的身材匀称，心灵高贵，容貌端正，哪一点比不上正夫人所出？为什么他们要给我加上庶出、贱种、私生子的恶名？贱种、贱种、贱种？难道在天性热烈的偷情里生下的孩子，倒不及拥着一个毫无欢趣的老婆，在半睡半醒之间制造出来的那一批蠢货？好，合法的埃德加，我一定要得到你的土地。父亲欢喜私生子埃德蒙，正像他欢喜他的合法儿子一样。好听的名词，"合法"！好，我的合法的哥哥，要是这封信发生效力，我的计策能够成功，庶出的埃德蒙将要胜过合法的嫡子——我可要扬眉吐气啦。众神啊，替私生子撑腰吧！

【葛罗斯特上。

葛罗斯特：肯特就这样被放逐了！法王盛怒而去。王上昨晚又走了！他的权力全部交出，依靠他的女儿过活！这些事情都在匆促中发生！埃德蒙，怎么样！有什么消息？

埃德蒙： 禀父亲，没有什么消息。（藏信）

葛罗斯特： 你为什么这样急切地想把那封信藏起来？

埃德蒙： 我不知道有什么消息，父亲。

葛罗斯特： 你刚才在读什么信？

埃德蒙： 没有什么，父亲。

葛罗斯特： 没有什么？那你为什么慌慌张张地把它塞进口袋？既然没有什么，何必藏起来？来，给我看，要是那上面没有什么话，我也可以不用戴眼镜。

埃德蒙： 父亲，请您原谅我，这是哥哥写给我的一封信，我还没有读完，照我已经读到的部分看，我认为不适于让您看见。

葛罗斯特： 把信给我。

埃德蒙： 不给您看或者给您看，我都会得罪您。信的内容，其中部分按我理解，是应受谴责的。

葛罗斯特： 给我看，给我看。

埃德蒙： 我希望哥哥写这封信是有他的理由的，他不过要试试我的德性。

葛罗斯特： （读信）"这一种尊敬老年人的政策，使我们在最好的年华只尝到世界的苦味。不能由自己处分我们的财产，等到年纪老了，不再能享受它。我开始觉得老年人的专制压迫实在是一种愚蠢的束缚。他们支配我们并非因为他们有权力，而是因为

17

我们容忍他们这样做。到我这里来，听我发挥这一个问题吧。要是父亲闭上了眼睛，我不叫醒他他不再起来，你就可以永远享受他的一半的收入，并且为你的哥哥所喜爱。埃德加。"——哼！阴谋！"闭上了眼睛，我不叫醒他他不再起来，你就可以享受他的一半的收入。"我的儿子埃德加！他的手会写这信，他的心和脑会构思这样的信吗？这封信是什么时候到你手里的？谁送来的？

埃德蒙： 它不是什么人送给我的，父亲，这正是他狡猾的地方；我发现它掷进我房间的窗户。

葛罗斯特： 你认识这笔迹是你哥哥的吗？

埃德蒙： 父亲，如果写的是好话，我敢发誓这是他的笔迹；可是，既然上面写的是这种话，我但愿不是他写的。

葛罗斯特： 这是他的笔迹。

埃德蒙： 笔迹确是他的，父亲，可是我希望这种内容不是出于他的真心。

葛罗斯特： 他以前从没有用这类话试探过你？

埃德蒙： 没有，父亲。可是我常常听见他说，儿子成年以后，父亲要是已经衰老，父亲应该受儿子的监护，由儿子管理他的财产。

葛罗斯特： 啊，浑蛋！浑蛋！正是他在这信里所表示的意见！可恶的浑蛋！违反天性的畜生！禽兽不如的东西！去，把他找来；我要依法惩办他。可恶的浑蛋！他在哪儿？

埃德蒙：我不大知道，父亲。您的可靠的做法是，在没有得到更好的证据证明哥哥确有这种意思以前，暂时停息您对他的怒气；因为要是您对他采取激烈的手段，误会了他的动机，那不但大大损害您自己的名誉，而且会粉碎他对您的顺从之心。我敢拿我的生命为他作保，他写这封信的用意，不过是试探我对您的爱心，并没有其他危险的目的。

葛罗斯特：你以为是这样的吗？

埃德蒙：您要是认为合适的话，让我把您安置在一个可以听到我们两人谈论这件事情的地方，用您自己的耳朵得到一个真凭实据。事不宜迟，今天晚上就可以一试。

葛罗斯特：他不会是这样一个禽兽——

埃德蒙：他断不会是这样的。

葛罗斯特：——对待他的父亲，这样全心全意疼爱他的父亲。天啊，地啊！埃德蒙，找到他，求你取得他的信任，照你自己的意思随机应付。我愿意放弃我的地位和财产，把这一件事情调查明白。

埃德蒙：父亲，我立刻就去找他，想方法办好这件事，并把结果告诉您。

葛罗斯特：最近这些日蚀和月蚀不是好兆；虽然自然哲学可以对它们做这样那样的解释，可是大自然被接踵而来的现象所祸害。爱情冷却，友谊疏远，兄弟分裂；城市发生暴动，国家发生内乱,宫廷发生叛逆,父子关系崩裂。我的这畜生也是属于这种恶兆,这就是儿子反对父亲。王上偏离天性,这就是父亲反对孩子。我们最好的日子已经过去,现在只有阴谋、欺诈、叛逆、纷乱,追随我们不安地走向坟墓。埃德蒙,探明这小畜生!那对你不会有什么损失。要做得小心谨慎。——忠心的肯特又被放逐了!他的过失是诚实!真是怪事!(下)

埃德蒙:这真是现世愚蠢的时尚:当我们命运不佳——常常是自己行为产生恶果时,我们就把灾祸归罪于日月星辰,好像我们做恶人是命运注定,做傻瓜是出于上天的旨意,做无赖、盗贼、叛徒,是由于某个天体上升,做酒鬼、骗子、奸夫奸妇是由于一颗什么行星在那儿主持操纵,我们无论干什么罪恶行为,全都是因为有一种超自然的力量在驱策我们。明明自己跟人家通奸,却把他好色的天性归咎到一颗行星的身上,真是令人吃惊的推诿!我的父亲跟我的母亲在巨龙尾巴底下交媾,我在大熊星座底下出世,所以我就是个粗暴而好色的家伙。呸!即使当我的父母发生婚外关系的时候,有一颗最贞洁的处女星在天空眨眼睛,我也还会是现在这个样子。埃德加——

【埃德加上。

埃德蒙:他来得正好,就像旧式喜剧里的结局一样;我的提词教我装出一副奸诈的忧郁,像疯子一般长吁短叹。唉!这些日蚀、月蚀果然预兆着人世的纷争!发——唆——拉——咪。

第一幕　第二场　葛罗斯特伯爵城堡中的厅堂

埃德加：啊，埃德蒙兄弟！你在沉思些什么？

埃德蒙：哥哥，我正在想起前天读到的一篇预言，说是在这些日蚀、月蚀之后，将要发生些什么事情。

埃德加：你在忙着想这件事吗？

埃德蒙：我对你说，他所写的预言的事情，果然不幸发生了；什么父子之间违反天性的关系，死亡、饥荒、长久友谊的破灭、国家的分裂、对于国王和贵族的恫吓和咒诅、无谓的猜疑、朋友的放逐、支持者的叛离、婚姻的破裂，还有许许多多我所不知道的事情。

埃德加：你什么时候相信起星象之学来？

埃德蒙：喂，喂，你最后一次看见父亲在什么时候？

埃德加：昨天晚上。

埃德蒙：你跟他说过话没有？

埃德加：嗯，我们谈了两个钟头。

埃德蒙：你们分别的时候，没有闹什么意见吗？你在他的辞色之间，不觉得他对你有点恼怒吗？

埃德加：一点没有。

埃德蒙：想想看你在什么地方得罪了他。听我的劝告，暂时避一避开，等他的怒气平息下来再说，现在他正在大发雷霆，恨不得一口咬下你的肉来呢。

埃德加：一定是有一个坏东西说了我的坏话。

21

埃德蒙： 我也怕是这样。请你千万忍耐一点，等他的火气消一消；现在你还是跟我到我住的地方去，在那里我可以想法让你听到他老人家说话。请你去吧，这是我的钥匙。你要是在外面走动的话，最好身边带上武器。

埃德加： 带上武器，弟弟？

埃德蒙： 哥哥，我这样劝告你是为了你好。外出带上武器吧，要是有人对你存着好心眼，我就不是个好人。我已经把我所看到听到的都告诉你了；可是这是说得轻的，远不如实际情形的严重和可怕。请你赶快去吧。

埃德加： 我不久就可以听到你的消息吗？

埃德蒙： 我在这件事上确是竭力帮你忙的。（埃德加下）一个轻信的父亲，一个忠厚的哥哥，他的天性不但不会损害别人，而且也不疑心别人算计他；对付他这样老实的傻瓜，我的计策是容易成功的。我把这事在心里盘算好了。出身不行，让我凭智谋得到产业；只要目的达到，一切手段对我全都合适。

第三场　奥本尼公爵府中一室

【戈纳瑞及其管家奥斯华德上。

戈纳瑞：我的父亲因为我的侍卫骂了他的弄人，所以动手打他吗？

奥斯华德：是，夫人。

戈纳瑞：他一天到晚欺侮我，每一点钟他都要借端寻事，把我们这儿吵得鸡犬不安。我不能再忍受下去了。他的骑士们一天一天横行不法起来，他自己又在每一件小事上责备我们。等他打猎回来的时候，我不愿意对他说话；就说我病了。你如果懈怠从前的服务，那才是做得好；他要是见怪，都在我身上。

奥斯华德：他来了，夫人，我听见他的声音。（内号角声）

戈纳瑞：你跟你手下的人尽管对他摆出一副不理不睬的态度；我要看看他有些什么话说。要是他恼了，那么让他到我妹妹那里去吧，我知道我妹妹的心思在这点上跟我一样：不能受人压制的。这老废物已经放弃了权威，却还想管这管那！凭我的生命发誓，年老的傻瓜回复成了婴孩，如果姑息哄骗纵容坏了他的脾气，就得阻止他。记住我的话。

奥斯华德：是，夫人。

戈纳瑞：让他的骑士们也受到你们的冷眼；因此而发生什么事情，那没有关系。你去通知手下人这样做吧。我要编造一些借口，和他当面说个明白。我还要立刻写信给妹妹，叫她和我采取一致行动。吩咐他们备饭。（各下）

第四场　同前。厅堂

【肯特化装上。

肯特：我已经完全隐去我的本来面目，要是我能够借得旁的口音，掩饰我的语调，那么我的一片苦心也许可以完全达到目的。被放逐的肯特啊，要是你再有机会服侍你所开罪的主人——但愿如此——你所爱的主人会看到你勤劳尽力。

【内号角声。李尔、众骑士及侍从等上。

李尔：我一刻也不能等待，快去叫他们拿出饭来。（一侍从下）

啊！你是什么？

肯特：我是一个人，大爷。

李尔：你是干什么的？你来见我有什么事？

肯特：您瞧我是怎么一个人，我就是怎么一个人。谁要是信任我，我愿意尽忠服侍他；谁要是居心正直，我愿意爱他；谁要是聪明而不爱多说话，我愿意跟他来往。我害怕人间和上帝的审判；迫不得已的时候，我也会跟人家打架；我不吃鱼。

李尔：你究竟是什么人？

肯特：一个心肠非常正直的汉子，而且像国王一样穷。

李尔：要是你这做臣民的，也像我这做国王的一样穷，那么你也真够穷的了。你要什么？

肯特：我要讨一个差使。

李尔：你想给谁做事？

肯特：给您。

李尔：你认识我吗？

肯特：不，大爷，可是在您的神气之间有一种什么东西，使我愿意叫您主人。

李尔：是什么东西？

肯特：权威。

李尔：你会做些什么事？

肯特：我会保守正当的秘密，我会骑马，我会跑路，我会把一个复杂的故事讲得明白，而把一个明白的口信传得直截了当；凡是普通人适于做的事情，我都能做，我的最大优点是勤快。

李尔：你多大年纪了？

肯特：大爷，说我年轻，我也不算年轻，我不会为了一个女人会唱几句歌而害相思；说我年老，我也不算年老，我不会糊里糊涂地溺爱一个女人。我已经活过四十八个年头了。

李尔：跟着我吧，你可以替我做事。要是我在吃过晚饭以后还是这样欢喜你，那么我还不会就把你撵走。喂！饭呢？拿饭来！我的跟班呢？我的弄人呢？你去把我的弄人叫来。（一侍从下）

【奥斯华德上。

李尔：喂，喂，我的女儿呢？

奥斯华德：对不起——（下）

李尔：这家伙怎么说？叫那蠢东西回来。（一骑士下）喂，我的弄人呢？全都睡着了吗？怎么！那狗头呢？

【骑士重上。

骑士：陛下，他说您的女儿有病了。

李尔：我叫他时，那奴才为什么不回来？

骑士：陛下，他非常放肆，回答我说他不高兴回来。

李尔：他不高兴回来！

骑士：陛下，我也不知道为了什么缘故，可是照我看起来，他们对待陛下已经不像往日那样殷勤礼貌了；不但一般下人仆从，就是公爵和您的女儿也对您冷淡得多了。

李尔：嘿！你这样说吗？

骑士：陛下，要是我弄错了，请您原谅我；可是当我觉得有人对不起陛下时，我责任所在，不能闭口不言。

李尔：你不过提醒我一件我自己已经感觉到的事。我近来也觉得他们对我的态度有点冷淡，可是我总以为那是我自己多心，不愿断定是他们有意的怠慢。我要进一步观察此事。可是我的弄人呢？这两天来我没有见到过他。

骑士：陛下，自从小公主到法国去了以后，这弄人消瘦多了。

李尔：别再提这事了，我也注意到了。你去对我的女儿说，我要跟她说话。（一侍从下）你去叫我的弄人到这里来。（另一侍从下）

【奥斯华德重上。

李尔：啊！你，你过来。你知道我是什么人？

奥斯华德：我们夫人的父亲。

李尔："我们夫人的父亲！"我们大爷的奴才！好大胆的狗！

奥斯华德：大人，请您原谅，我不是狗。

李尔：你敢跟我当面顶撞吗，你这浑蛋？（打奥斯华德）

奥斯华德：大人，您不能打我。

肯特：也不能绊你吗，你这踢足球的下贱东西？（自后绊奥斯华德倒地）

李尔：谢谢你，伙计，你帮了我，我喜欢你。

肯特：来，朋友，站起来，给我滚吧！我要教训你知道尊卑上下的分别。去！去！你还要想用你粗笨的身体丈量地面吗？滚！你难道不懂利害吗？去。（将奥斯华德推出）

27

李尔：我的好伙计，谢谢你，这是你替我做事的定金。（以钱给
　　　肯特）

　　　【弄人上。

弄人：让我也把他雇下来。这儿是我的鸡冠帽。（脱帽授肯特）

李尔：啊，我的乖乖！你好？

弄人：喂，你最好还是戴了我的鸡冠帽吧。

肯特：傻瓜，为什么？

弄人：为什么？因为你帮了一个失势的人。要是你不会看准风向把
　　　你的笑脸迎上去，你很快就会着凉的。来，把我的鸡冠帽拿去。
　　　嘿，这家伙撵走了两个女儿，却赐福于他的第三个女儿，虽然
　　　这不是出于他的本意；要是你跟了他，你必须戴上我的鸡冠帽。
　　　啊，老伯伯！但愿我有两顶鸡冠帽，再有两个女儿！

李尔：为什么，我的孩子？

弄人：要是我把我的家私全给了她们，我自己还可以存下两顶鸡
　　　冠帽。我这儿有一顶；再去向你的女儿们讨一顶戴戴吧。

李尔：嘿，你留心着鞭子。

弄人：真理是一条公狗，他只好躲在狗窝里；公狗必须用鞭子赶
　　　出去，而母狗则可以站在火炉边发臭气。

李尔：简直是揭我的痛疮！

弄人：（向肯特）喂，让我教你一段话。

李尔：你说吧。

弄人：　　　　　　　　听好，老伯伯：

多积财，少摆阔；

耳多听，话少说。

少放款，多借债；

走路不如骑马快。

三言之中信一语，

多掷骰子少下注。

莫饮酒，莫嫖娼；

闭门不出最为上。

会打算的占便宜，

不会打算叹口气。

肯特：傻瓜，这些话一点意思也没有。

弄人：那么正像拿不到讼费的律师说空话一样，你给我的只是个"没有"。老伯伯，你能够利用"没有"吗？

李尔：啊，不，孩子，没有只能制造出没有。

弄人：（向肯特）请你告诉他，他的土地得的租金最终也只等于没有；弄人嘴里的话他是不相信的。

李尔：好挖苦的弄人！

弄人：我的孩子，你知道苦弄人和甜弄人之间的区别吗？

李尔：不，孩子，告诉我。

弄人：　　　　　　　　哪个爵爷劝告你，

　　　　　把你的土地全给光；

　　　　　叫他站在我身边，

　　　　　你自己站这旁：

　　　　　一个傻瓜甜，

　　　　　一个傻瓜苦。

　　　　　甜的穿彩衣，

　　　　　苦的丢掉王权无处诉。

李尔：你叫我傻瓜吗，孩子？

弄人：你把其他所有的尊号都送了别人，只有这一个名字是你娘胎里带来的。

肯特：陛下，这倒不全是傻话哩。

弄人：不，老爷大人们都不会答应我的。要是我取得了傻瓜的专利权，他们会要夺去一部分，就是太太小姐们也不会放过。他们不肯让我一个人做傻瓜；他们会抓一把。老伯伯，给我一个蛋，我能给你两顶冠。

李尔：两顶什么冠？

弄人：我把蛋从中间切开，吃完了蛋黄蛋白，就用蛋壳给你做两顶冠。你把你的王冠从中间剖成两半，把两半全都送给人家，这不是背了驴子过泥潭吗？你这光秃秃的头颅里面没有一点脑子，所以才会把一顶金冠送了人。谁先说我这话是傻话，让他挨一顿鞭子。

> 这年头傻瓜已不吃香,
>
> 聪明人个个变了蠢猪,
>
> 顶着个头没有思想,
>
> 做起事来稀里糊涂。

李尔： 你几时学会了这许多歌儿？

弄人： 老伯伯，自从你把你的两个女儿当作了妈，我就常常唱起歌儿来了；因为当你把棒儿给了她们，拉下自己裤子的时候——

> 她们高兴得眼泪盈眶,
>
> 我只好唱歌自遣忧伤,
>
> 可怜你堂堂一国之主,
>
> 却跟傻瓜们玩捉迷藏。

老伯伯，你去请一位老师来，教教你的傻瓜怎样说谎吧，我很想学学说谎。

李尔： 要是你说了谎，小子，我们就让你挨鞭子。

弄人： 我不知道你跟你的女儿们究竟是什么亲戚：她们因为我说了真话，要用鞭子抽我，而你因为我说谎，又要用鞭子抽我；有时候我闭嘴，却也要挨鞭子。我宁可做一个无论什么东西，也不做傻瓜；可是我不愿意做您，老伯伯，您把您的聪明两边削去，削得中间什么也不剩了。瞧，其中一个削片来了。

【戈纳瑞上。

李尔： 怎么，女儿！你脸上阴森森的是什么意思？我看你近来老是皱着眉头。

弄人： 从前你是个好汉，用不着管她皱不皱眉头；现在你是孤单单的一个零。现在你还比不上我；我是个弄人，你什么都不是。（向戈纳瑞）好，好，我闭嘴就是啦；虽然你没有说话，我从你的脸色上知道你的意思。

　　　　　闭嘴，闭嘴，

　　　　谁不知道积谷防饥，

　　　啃不到面包不要追悔。

那是一根剥剩的豌豆荚。（指李尔）

戈纳瑞： 父亲，不但您这个肆无忌惮的弄人，还有您那些无礼的卫士，都在时时刻刻寻事吵架，种种暴乱行为，叫人忍无可忍。父亲，我本来以为让您充分知道这种情形，就会找到补救的办法；可是照您最近所说的话和所做的事看来，我怕您是在保护这种行为，有意加以纵容。要是您果然这样做，那不能逃脱责备，补救措施也不能拖延；我们为了维护健全的政局，也许做法会使您难堪，感到丢脸，可是这样的步骤确实必要，而且是审慎的。

弄人： 　　因为你知道，老伯伯——

　　　　那篱雀喂大了杜鹃鸟，

　　　　自己的头也被它咬掉。

蜡烛熄了，我们眼前只有一片黑暗。

第一幕　第四场　同前。厅堂

李尔：你是我的女儿吗？

戈纳瑞：您不是一个不懂道理的人，我希望您明智一点，除去近来使您改变常态的这些脾气。

弄人：驴子能否知道什么时候马儿颠倒被车子拖着走？"呼，加格！我爱你。"

李尔：这儿有谁认识我吗？这不是李尔。李尔是这样走路，这样说话的吗？他的眼睛哪里去了？他的知觉衰退，要么他的神志麻木了。嘿！他醒着吗？没有的事。谁能告诉我我是什么人？

弄人：李尔的影子。

李尔：我得弄清这一点。因为从权力、知识和理性的标记来看，我都不能相信我是个有女儿的人。

弄人：那些女儿会教你做一个顺从的父亲。

李尔：太太，请教您的芳名？

戈纳瑞：父亲，这种假痴假呆和您其他一些新的胡闹是同样性质的。我请您正确理解我的目的：既然您是一个有年纪的老人家，应该明智一些。您在这儿养了一百个骑士，全都是些胡闹放荡、胆大妄为的家伙，我们的宫廷给他们骚扰得像一个喧嚣的客店；他们成天吃喝玩女人，把这里弄成了酒馆妓院，哪里还是一座庄严的宫殿！这种可耻现象本身要求立刻加以纠正，所以请您俯从我的要求，酌量减少您的扈从的人数，只留下一些适合于您的年龄，知道自处也熟悉您的人跟随您；要是您不答应，那

33

么我没有法子，只好勉强执行了。

李尔：黑暗和魔鬼啊！备起我的马来，召集我的侍从。堕落的贱人！我不要麻烦你，我还有一个女儿哩。

戈纳瑞：你打我的佣人，你那一班捣乱的流氓把他们上面的人像奴仆一样呼来叱去。

【奥本尼上。

李尔：唉！现在懊悔也来不及了。（向奥本尼）啊！你也来了吗？这是不是你的意思？你说。——替我备马。忘恩负义，你这铁石心肠的鬼怪，当你出现在儿女身上，真比海怪还要丑恶。

奥本尼：陛下，请您忍耐一下。

李尔：（向戈纳瑞）枭獍不如的东西！你在说谎！我的卫士都是最有品行的人，懂得一切的礼仪，他们的一举一动都不愧骑士之名。啊！科迪利娅不过犯了最小的一点错误，怎么在我的眼睛里却会变得这样丑恶！它像一具刑架，扭曲了我的天性，抽干了我心里的慈爱，增加了苦胆，哦，李尔！李尔！李尔！对准这一扇放进愚蠢和放出智慧的门，着力痛打吧！（自击其头）走吧，走吧，我手下的人。

奥本尼：陛下，我是无辜的，我不知道是什么东西使您这样激动。

李尔：也许是这样的，公爵。——听着，亲爱的大自然女神，听我的呼吁！要是你想使这畜生生男育女，请你改变你的意旨吧！取消她的生育能力，干涸她的繁殖的器官，让她的堕落的身体里永远生不出一个孩子!要是她必须生产,让她生下一个仇恨的孩子,活下来使她受忤逆的、违反人性的折磨!让她年轻的额角上很早就印上皱纹,流下的眼泪在她的脸颊上磨成一道道沟渠;她作为母亲的鞠育的辛劳,只换得冷笑和蔑视;让她感觉到一个不知感谢的孩子比毒蛇的牙齿还要尖利,走吧,走吧!

(下)

奥本尼:凭着我们敬奉的神明,这是怎么一回事?

戈纳瑞:你不用知道原因而自苦,他老糊涂了,让他去使性子吧。

【李尔重上。

李尔:什么!我在这儿不过住了半个月,就把我的卫士一下子裁撤了五十名吗?

奥本尼:什么事,陛下?

李尔:我以后告诉你。(向戈纳瑞)凭生和死起誓!我真惭愧让你有权力使我失去大丈夫的气概,让我的热泪为了你这样的人而禁不住滚滚流出。愿毒风和恶雾袭击你!愿一个父亲的咒诅刺透你的五官,留下深不可探测的疮痕!痴愚的老眼,要是你们再为此而流泪,我要把你们挖出来,同你们流的泪水一起,和泥土相搅拌!哼!竟到了这等地步?让它去吧,我还有另一个女儿,我相信她是仁慈温存的;她听见你这样对待我,一定会用指爪抓破你的豺狼一样的面孔。你以为我一辈子也不能恢复我原来的威风了吗?好,你等着瞧吧。(李尔、肯特及侍从等下)

戈纳瑞：你听见没有？

奥本尼：戈纳瑞，虽然我十分爱你，可是我不能让它使我这样偏心——

戈纳瑞：请你别说了。喂，奥斯华德！（向弄人）你这七分奸刁三分傻的东西，跟你的主人去吧。

弄人：李尔老伯，李尔老伯！等一等，带弄人跟你一块儿去。

> 捉狐狸，杀狐狸；
>
> 这样的女儿是狐狸，
>
> 一定杀却毋迟疑。
>
> 可惜我这顶帽子，
>
> 换不到一条绳子；
>
> 追上去，你这傻子。（下）

戈纳瑞：不知道是什么人给他出的好主意。一百个骑士！让他带一百个全副武装的卫士，真是万全之计；只要他做了一个梦，听了一句谣言，转了一个念头，或者心里有什么不高兴，不舒服，就可以借他们的力量维护他的老朽，危害我们的生命。喂，奥斯华德！

奥本尼：也许你太过虑了。

戈纳瑞：过虑总比大意好些。与其时刻提心吊胆，怕人暗算，宁可除去我所怕的威胁。我知道他的心思。他所说的话，我已经写信去告诉二妹了；我已经指出不妥之处，要是她仍旧支持他和他的一百名骑士——

【奥斯华德重上。

戈纳瑞：怎么样，奥斯华德！我叫你写给二妹的信，你写好了没有？

奥斯华德：写好了，夫人。

戈纳瑞：带几个人跟着你，赶快上马出发，把我所担心的事完全告诉她，再加上一些你自己想到的理由，加以支持。去吧，早点回来。（奥斯华德下）不，不，夫君，你做人太仁善厚道了，虽然我不怪你，可是恕我说一句话，只有人批评你糊涂，却没有什么人称赞你温厚。

奥本尼：我不知道你的眼光能够看到多远，可是过分操切也会误事的。

戈纳瑞：咦，那么——

奥本尼：好，好，但看结果如何。（同下）

第五场　奥本尼公爵府外院

【李尔、肯特及弄人上。

李尔：你带了这封信，先到葛罗斯特去。我的女儿看了我的信，倘然有什么话问你,你就照你所知道的回答她,此外不要多说。要是你在路上不勤快,我会比你先到的。

肯特: 陛下,我在没有把您的信送到以前,决不打一次瞌睡。

(下)

弄人: 要是一个人的脑子生在脚跟上,岂不是有生冻疮的危险?

李尔: 是,孩子。

弄人: 那么你放心吧,你的脑子不多,用不到穿拖鞋来保护它的冻疮。

李尔: 哈哈哈!

弄人: 你将看到你那另外一个女儿会待你多么好;因为虽然她跟这一个就像野苹果跟家苹果一样相像,可是我可以告诉你我所知道的事情。

李尔: 你可以告诉我什么,孩子?

弄人: 你一尝到她的滋味,就会知道她跟这一个完全相同,正像两只野苹果一般没有分别。你能够告诉我为什么一个人的鼻子生在脸中央吗?

李尔: 不能。

弄人: 为了鼻子两旁可以安放眼睛。鼻子嗅不出来的,眼睛可以瞧见。

李尔: 我对不起她——

弄人：你知道牡蛎怎样造它的壳吗？

李尔：不知道。

弄人：我也不知道，可是我知道蜗牛为什么背着一个屋子。

李尔：为什么？

弄人：因为可以把它的头缩在里面；它不会把屋子送给它的女儿，害得它的触角没地方安顿。

李尔：我要忘掉我的天性了。这样仁慈的父亲！我的马备好了吗？

弄人：你的驴子们正在给你预备呢。七星座为什么只有七颗星，其中有一个绝妙的理由。

李尔：因为它们没有第八颗吗？

弄人：正是，一点不错；你可以做一个很好的弄人。

李尔：用武力夺回来！忘恩负义的畜生！

弄人：假如你是我的弄人，老伯伯，我就要打你，因为你不到时候就老了。

李尔：那是什么意思？

弄人：你应该先懂得些世故再老呀。

李尔：啊！不要让我发疯，不要发疯，天哪，制住我的怒气，我不愿发疯！

【侍臣上。

李尔：怎么！马备好了吗？

侍从：备好了，陛下。

李尔：来，孩子。（同下）

弄人：　　　　谁现在还是处女，却嘲笑我的告别，

　　　　她很快将不再是处女，除非把那话儿截短些。（下）

第二幕

第一场　葛罗斯特伯爵城堡庭院

【埃德蒙和克伦自相对方向上。

埃德蒙：上帝保佑您，克伦。

克伦：上帝保佑您，公子。我刚才见过令尊，通知他康华尔公爵和公爵夫人里甘今天晚上要到这儿来拜访他。

埃德蒙：这是怎么回事？

克伦：我也不知道。您有没有听见外边的消息？我指的是人们交头接耳在暗中传递的消息。

埃德蒙：我没有听见。请教是些什么消息？

克伦：您没有听见说起康华尔公爵也许会跟奥本尼公爵开战吗？

埃德蒙：一点没有听见。

克伦：那么您以后也许会听到的。再会，公子。（下）

埃德蒙：公爵今天晚上到这儿来！那也好！再好没有！我正好利用这个机会。（埃德加上）父亲已经叫人四处把守，要捉哥哥。

我还有一件难办的事必须做。快捷和运气帮助我！——哥哥，跟你说一句话；下来，哥哥！

埃德蒙：父亲在守着你。啊，哥哥！离开这个地方吧；有人已经告诉他你躲在什么地方。趁着现在天黑，你快逃吧。你有没有说过什么反对康华尔公爵的话？他正在到这儿来，就在现在，连夜的，急急忙忙的。里甘也和他同来。你对于他跟奥本尼公爵争执的事情没有说过什么话吗？想一想看。

埃德加：我真的一句话也没有说过。

埃德蒙：我听见父亲来了，原谅我，我必须假装对你动武的样子，拔出剑来，就像你在进行自卫。现在你去吧。（高声）放下你的剑，见我的父亲去！喂，拿亮来！这儿！——逃吧，哥哥。（高声）火把！火把！——再会。（埃德加下）身上沾些血，可以使人相信我作过一番更凶猛的争斗。（以剑刺伤手臂）我曾见有些醉汉为了开玩笑的缘故，做得比这还厉害。（高声）父亲！父亲！住手！住手！没有人来帮我吗？

【葛罗斯特率众仆持火炬上。

葛罗斯特：埃德蒙，那坏蛋呢？

埃德蒙：他站在这里黑暗之中，拔出他的锋利的剑，嘴里念念有词，见神见鬼地请月亮帮他的忙。

葛罗斯特：可是他在什么地方？

埃德蒙：瞧，父亲，我流着血呢。

葛罗斯特： 那坏蛋呢，埃德蒙？

埃德蒙： 向这边逃去了，父亲。当他没有法子——

葛罗斯特： 喂，你们追上去！（若干仆人下）"没有法子"什么？

埃德蒙： 没有法子劝我跟他同谋把您杀死，我对他说，惩凶的神明是要用全部天雷轰击弑父的逆子的；告诉他儿子同父亲的关系是多么密切和牢固；总而言之，他看见我这样憎恶和反对他的违背天性的图谋，他就拔出早就预备好的剑，气势汹汹地向我毫无防卫的身上捅了过来，把我的手臂刺破了；但他看到我勃然发怒，自恃理直气壮，跟他奋力对抗，也许因为我喊叫的声音使他害怕，他就突然逃走了。

葛罗斯特： 让他逃得远远的吧，除非逃到国外去。总有一天被捉到，而且被捉到就叫他活不成。尊贵的公爵，我的主上，杰出的庇护人，今晚要来这里。凭他的权威，我要宣布，谁要是找到这杀人的懦夫，把他带到火刑柱前，将得到酬谢；谁要是把他藏匿起来，也要处死。

埃德蒙： 当他不听我的劝告，决意实行他的企图的时候，我就严辞恫吓，要将他揭发；他却回答我说，"你这光棍私生子！难道你以为，要是我和你对质，人家会认为你有德才，相信你的话吗？不，我所否认的——我是要否认的，尽管你拿出我的亲笔信，我将反咬一口，说这全是你的阴谋恶计；人们不是傻瓜，他们当然会相信你因为觊觎我死后的产业，所以才会起这样的毒心，想要索取我的生命。"

葛罗斯特： 怙恶不悛的畜生！他要抵赖他的信吗？他不是我养的。（内号角吹花腔）听！公爵的号角声。我不知道他为什么而来。我要把所有的大门上闩，这畜生逃不掉的；公爵一定会答应我这一个要求。我还要把他的图形送到远近各处，让全国的人都认得他。我的忠实和有人性的孩子，我将想法子使你能够继承我的土地。

【康华尔、里甘及侍从等上。

康华尔： 怎么样，我的尊贵的朋友！我还不过刚到这儿，就已经听见了奇怪的消息。

里甘： 要是真有那样的事，那罪人真是万死不足蔽其辜了。你好吗，伯爵？

葛罗斯特： 哦！夫人，我这颗衰老的心已经碎了，它已经碎了！

里甘： 什么！我父亲的教子要谋害您的性命吗？就是我父亲替他取名字的，您的埃德加吗？

葛罗斯特： 哦！夫人，夫人，发生了这种事情，真是说来也叫人丢脸。

里甘： 他不是常常跟我父亲身边那些胡闹的骑士们在一起的吗？

葛罗斯特： 我不知道，夫人。太可恶了！太可恶了！

埃德蒙： 是的，夫人，他正是跟那帮人常在一起的。

里甘： 难怪他会变得这样坏；一定是他们撺掇他谋害老人的性命，

第二幕　第一场　葛罗斯特伯爵城堡庭院

好把他的财产拿出来挥霍。今天傍晚的时候，我接到我姐姐的一封信，她告诉我他们的种种行为，并且警告我要是他们想要住到我的家里来，我最好别在家。

康华尔：相信我，里甘，我也不呆在家里。埃德蒙，我听说你表现得对父亲很尽孝道。

埃德蒙：那是我的本分，殿下。

葛罗斯特：他揭发了他哥哥的阴谋，而且在企图捉住他时身上受了你所看见的这一处伤。

康华尔：有没有人去追捕他？

葛罗斯特：有的，殿下。

康华尔：要是他被捉住，以后就永远不用怕他再为非作歹。你可以决定一个办法，只要在我的权力范围以内，我都支持你。至于你，埃德蒙，你这一回所表现的德性和顺从值得赞赏，你将是我们的人。我们很需要值得亲信的人，你是我们第一个挑中的。

埃德蒙：殿下，我将为您效力，不论发生什么事。

葛罗斯特：为了他我感谢殿下。

康华尔：你还不知道我们为什么来造访——

里甘：尊贵的葛罗斯特，我们这样不合时宜地，穿过黑暗的夜色前来，实在是因为有一些相当重要的事情，我们必须借重您的意见。我们的父亲和姐姐都有信来，说他们两人之间发生了一些纷争；我想最好不要在我们自己的家里答复他们；几个信使都在这里等候差遣。我们的善良的老朋友,您心宽一点,替我们赶快出个主意吧。

葛罗斯特: 夫人,我愿为您效劳。两位殿下光临,欢迎得很!

(同下)

第二场 葛罗斯特城堡之前

【肯特和奥斯华德分头上。

奥斯华德: 早安,朋友,你是这屋子里的人吗?

肯特: 嗯。

奥斯华德: 什么地方可以让我们拴马?

肯特: 烂泥地里。

奥斯华德: 对不起,大家是好朋友,告诉我吧。

肯特: 谁是你的好朋友?

奥斯华德: 好,那么我也不要睬你。

肯特: 要是我把你一口咬住,看你睬不睬我。

奥斯华德: 你为什么对我这样?我又不认识你。

肯特: 家伙,我认识你。

奥斯华德： 你认识我是谁？

肯特： 一个无赖，一个恶棍，一个吃肉皮肉骨的家伙；一个下贱的、骄傲的、浅薄的、叫花子一样的、只有三身衣服，全部家私不过一百镑的、卑鄙龌龊的、穿毛线袜子的奴才；一个胆小如鼠、仗势欺人的奴才；一个婊子生的、顾影自怜的、奴颜婢膝的、装腔作势的混账东西；一个天生的王八坯子；一个想当妓院老板的，又是奴才、又是叫花子、又是懦夫、又是王八、又是杂种老母狗的儿子。要是你不承认你这些头衔，我要把你打得汪汪叫。

奥斯华德： 咦，奇了，你是个什么东西，你也不认识我，我也不认识你，怎么开口骂人？

肯特： 你还说不认识我，你这厚脸皮的奴才！不过两天以前，我不是在国王的面前把你绊跌在地上，还打过你吗？拔出剑来，你这浑蛋，虽然是夜里，月亮亮着呢；我要在月亮光底下把你剁得稀烂。（拔剑）拔出剑来，你这婊子生的下流东西，专进理发馆的纨绔子弟，拔出剑来！

奥斯华德： 去！我不跟你胡闹。

肯特： 拔出剑来，你这恶棍！你带来了攻击国王的信，站在他的女儿虚荣傀儡的一边，反对她的父王。拔出剑来，你这浑蛋，否则我要砍下你的胫骨。拔出剑来，恶棍，来来来！

奥斯华德： 救命哪！要杀人啦！救命哪！

肯特：击剑啊，你这奴才。站定，浑蛋，别跑。你这个漂亮的奴才，你不会还手吗？（打奥斯华德）

奥斯华德：救命啊！要杀人啦！要杀人啦！

【埃德蒙拔剑上。

埃德蒙：怎么！什么事？（分开二人）

肯特：好小子，你也要寻事吗？来，我让你尝一点血．来，小哥儿。

【康华尔、里甘、葛罗斯特及众仆上。

葛罗斯特：动刀动剑的，什么事呀？

康华尔：大家不要闹，谁再动手，就叫他死。怎么一回事？

里甘：一个是我姐姐的使者，一个是国王的使者。

康华尔：你们为什么争吵？说。

奥斯华德：殿下，我气都喘不过来啦。

肯特：怪不得，你把全身勇气都提起来了。你这懦怯的恶棍，造化不承认他造你，你是裁缝手里做出来的。

康华尔：你是一个奇怪的家伙。裁缝会做出一个人来吗？

肯特：嗯，裁缝。石匠或者油漆匠都不会把他做得这样坏，即使他们学这门技艺才不过两个钟头。

康华尔：说，你们怎么会吵起来的？

奥斯华德：这个老不讲理的家伙，殿下，我是看在他的花白胡子分上，才饶了他的命的——

肯特：你这不中用的废物！殿下，要是您允许我的话，我要把这粗人踏成泥浆,用来刷厕所的墙。看在我的花白胡子份上?你这摇尾乞怜的狗!

康华尔: 住口!畜生,你规矩也不懂吗?

肯特: 是,殿下,可是我实在气愤不过。

康华尔: 你为什么气愤?

肯特: 我气愤的是像这样一个奸诈的奴才,居然也佩起剑来。这种笑脸的小人,像老鼠一样,时常咬断神圣的、不容松弛的人伦关系;竭力逢迎他们的主上起的恶念,不是火上浇油,就是雪上添霜;有时否认,有时肯定,随风转舵,看主人怎么说,像狗一样只知道跟着主人跑。恶疮烂掉你的抽搐的面孔!你笑我所说的话,你以为我是傻瓜吗?呆鹅,要是我在索尔兹伯里平原上找到你,看我不把你打得嘎嘎乱叫,赶你回到亚瑟王宫廷所在的卡米洛去。

康华尔: 什么!你疯了吗,老头儿?

葛罗斯特: 说,你们究竟是怎么吵起来的?

肯特: 我跟这浑蛋是势不两立的。

康华尔: 你为什么叫他浑蛋?他做错了什么事?

肯特: 我不喜欢他的脸。

康华尔: 也许你也不喜欢我的脸,他的脸,还有夫人的脸。

肯特: 殿下,我是说惯老实话的:我曾经见过一些脸,比现在站在我面前的这些脸好。

49

康华尔：这个人正是那种因为有人称赞他直率就装出一副玩世不恭的态度来的家伙。他不会谄媚，诚实坦白，他必须说老实话；要是人家愿意接受他的意见，很好；不然的话，他是个老实人。我知道这种家伙，他们用坦白的外表，包藏着极大的奸谋祸心，比二十个胁肩谄笑、小心翼翼的奴才更不怀好意。

肯特：殿下，您的伟大的明鉴，就像太阳神额上的光耀的火环，请您照临我的善意的忠诚，恳切的虔心——

康华尔：这是什么意思？

肯特：因为您不喜欢我的话，所以我改变了一个样子。我知道我不是一个谄媚之徒。我也不愿做一个故意用率直的语言骗你的奸诈小人；即使您请求我做这样的人，我也决不从命。

康华尔：（向奥斯华德）你在什么地方冒犯了他？

奥斯华德：我从来没有冒犯过他。最近他的主人王上因为对我产生误会，把我殴打；他便助主为虐，从我背后把我绊倒地上，对我侮辱谩骂，装出一副非常勇敢的神气；他的王上看见他敢打不抵抗的人，把他称赞了两句，他因上次得手，便得意忘形，一看见我，又要对我动剑了。

肯特：这些胆怯的坏蛋以为埃阿斯比他们还笨。

康华尔：拿足枷来！你这口出狂言的倔强的老贼，我们要教训你一下。

肯特：殿下，我已经太老，不能接受教训了。不要用足枷枷我。我

第二幕　第二场　葛罗斯特城堡之前

是王上的人，奉他的命令前来。您要是把他的使者枷起来，那未免对我的主上太失敬，太放肆无礼了。

康华尔：拿足枷来！凭着我的生命和荣誉起誓，他必须锁在足枷里直到中午为止。

里甘：到中午为止！到晚上，殿下，把他枷上整整一夜再说。

肯特：啊，夫人，即使我是您父亲的狗，您也不该这样对待我。

里甘：因为你是他的奴才，所以我要这样对待你。

康华尔：这正是姐姐提到的那个家伙。来，拿足枷来。（仆从取出足枷）

葛罗斯特：殿下，请您不要这样。他的过失诚然很大，王上知道了一定会责罚他的；您所决定的这一种羞辱的刑罚，只能惩戒那些犯偷窃之类普通小罪的贱民。他是王上差来的人，要是您给他这样的处分，王上一定要认为您轻蔑了他的来使而心中不快。

康华尔：那我可以负责。

里甘：姐姐要是知道她的有身份的使者因为执行她的差使而被人侮辱殴打，她的心里还更要不高兴哩。把他的腿放进去。（仆从将肯特套入足枷）来，殿下，我们走吧。（除葛罗斯特、肯特外，均下）

葛罗斯特：朋友，我很为你抱恨。这是公爵的意思，全世界都知道他的脾气不受劝阻。我会替你求情的。

肯特：请您不必多此一举，大人。我走了许多路，还没有睡过觉。

51

一部分的时间将在瞌睡中过去,其余的时间我可以吹吹口哨。

好人的命运也会锁上脚镣,再会!

葛罗斯特:这是公爵的不是。王上一定会见怪的。(下)

肯特:好王上,这正是证明了俗话所说的,你抛下天堂的幸福,来受赤日的煎熬了。来吧,你照耀地球的火炬,让我借着你的温暖的光辉读一读这封信。奇迹往往在不幸的时候才会发生。我知道这是科迪利娅寄来的信,所幸她已经知道我的改头换面的行踪,她一定会找到一个机会,从这种反常的情况中解救我们,以期补救损失。我疲倦得很。闭上了吧,沉重的眼睛,免得看见这一耻辱的居所。晚安,命运,求你转过你的轮子来,再一次微笑吧。(睡)

第三场 荒原之一处

【埃德加上。

埃德加:听说他们已经贴出告示抓我,幸亏我躲在一株空心的树干里,没有给他们找到。没有一处城门可以出入无阻,没有一个地方不是警卫森严,准备把我捉住!我只有逃脱才能保全自己。

我想还不如改扮作一个最卑贱穷苦,最为人所轻视,和禽兽相去无几的家伙;我要用污泥涂在脸上,一块毡布裹住我的腰,把所有头发打成乱结,赤身裸体,顶着风雨的侵凌。这地方给了我保护和先例,因为这里本来有许多疯乞丐,他们高声喊叫,用针哪、木椎哪、钉子哪、迷迭香的树枝哪,刺在他们麻木而僵硬的手臂上,用这种可怕的形状,到那些穷苦的农舍、乡村、羊棚和磨坊去,有时候发出疯狂的诅咒,有时候向人哀求祈祷,乞讨一些布施。可怜的疯叫花!可怜的汤姆!倒有几分像,我现在不再是埃德加了。(下)

第四场 葛罗斯特城堡前

【肯特系足枷中。李尔、弄人及侍臣上。

李尔: 真奇怪,他们离开了家,又不打发我的使者回去。

侍臣: 我听说在前一天晚上他们还不曾有走动的意思。

肯特: 向您致敬,尊贵的主人!

李尔: 嘿!你把这样的羞辱作为消遣吗?

肯特: 不,陛下。

弄人： 哈哈！他吊着一副多么难受的袜带！缚马缚在头上，缚狗缚熊缚在颈子上，缚猴子缚在腰上，缚人缚在腿上；一个人的腿儿太活动了，就要叫他穿木袜子。

李尔： 谁认错了你的身份，把你锁在这儿？

肯特： 您的女婿和女儿。

李尔： 不。

肯特： 是的。

李尔： 我说不。

肯特： 我说是的。

李尔： 不，不，他们不会干这样的事。

肯特： 他们干了。

李尔： 我凭朱庇特起誓，没有这样的事。

肯特： 我凭朱诺起誓，有这样的事。

李尔： 他们不敢做这样的事；他们不能也不会做这样的事。要是他们有意做出这样凶暴的冒犯，那比杀人还坏。快告诉我，你究竟犯了什么罪，他们才会用这种刑罚来对待朕派出的使者。

肯特： 陛下，我带了您的信到他们家里，当我跪在地上把信交上去还没有立起身来的时候，又有一个使者汗流满面、气喘吁吁、急急忙忙地奔了进来，代他的女主人戈纳瑞向他们请安并交上了信。他们不顾中途打断同我的对答，先读戈纳瑞的信；读罢了信，他们立刻召集仆从，上马出发，叫我跟到这儿来等候他们的答复,对待我十分冷淡。我到这里又碰见那个使者,他也就是最近对您非常无礼的那个家伙,我看出他们对我冷淡,都是因为欢迎他的缘故,一时激于气愤,不加考虑地拔出剑来;他高声发出胆怯的叫喊,惊动了全屋子的人。您的女婿、女儿认为我的过失应受这样的羞辱,就把我枷起来了。

弄人:冬天还没有过去,要是野雁尽往那个方向飞。

老父衣百结,

儿女不相认;

老父满囊金,儿女尽孝心。

命运如娼妓,

不纳贫贱人。

虽然这样说,您因女儿们还要得到数不清的烦恼哩。

李尔:哦!狂乱的气恼涌上我的心头来了!下去,你这向上爬的怪病,你本来该在下面。我这女儿现在在哪里?

肯特:在里边,陛下,跟伯爵在一起。

李尔:不要跟我,在这儿等着。(下)

侍臣:除了你刚才所说的以外,你没有犯其他的过失吗?

肯特:没有。王上怎么只带这么几个人来?

弄人:你会提出这么一个问题,活该给人用足枷枷起来。

肯特:为什么,傻瓜?

弄人:你应该拜蚂蚁做老师,让它教你冬天不是劳动的时候。所有

55

跟着鼻子向前走的人都要靠眼睛认方向，除非他是瞎子，而二十个人中没有一人的鼻子嗅不出他身上发臭的味道。别抓住滚下山坡的大车轮，免得摔断脖子，但要是那大家伙在上山去，那么让它拉你一起上去吧。倘然有什么聪明人给你更好的忠告，请你把我的这番话还给我：一个傻瓜的忠告，只配让一个浑蛋去遵从。

> 一个寻求私利的仆人，
>
> 只是形式上追随你，
>
> 天色一变他就要告别，
>
> 留下你在雨地里。
>
> 但是我这傻瓜将留下，
>
> 让聪明人全都飞散；
>
> 逃走的浑蛋变成真正的傻瓜，
>
> 那傻瓜弄人却不是浑蛋。

肯特：傻瓜，你是从哪里学会这个歌儿的？

弄人：不是在足枷里，傻瓜。

【李尔携葛罗斯特重上。

李尔：拒绝跟我说话！他们不舒服！他们疲倦了！他们昨天晚上走路辛苦了！这些都是借口，明明是要叛离我的意思。给我再去向他们要一个好一点的答复来。

葛罗斯特：陛下，您知道公爵的火性，他决定了怎样就是怎样，再也没有更改的。

李尔：反了！反了！火性！什么火性？嘿，葛罗斯特，葛罗斯特，我要对康华尔公爵和他的妻子说话。

葛罗斯特：呃，陛下，我已经对他们通知过了。

李尔：通知他们！你懂得我的意思吗？

葛罗斯特：是，陛下。

李尔：国王要对康华尔说话；父亲要对女儿说话，命令她出来见我：对他们这样通知过了吗？凭我的呼吸和血液起誓！哼！火性！对那性如烈火的公爵说——不，且慢，也许他真的不大舒服；一个人为了疾病而疏忽了他的责任，是应当加以原谅的；我们身体上有了病痛，就不再是平常的自己，本性受到压迫就命令心灵和身体连带受苦。我且忍耐一下，不要太鲁莽了，对一个有病的人当健康人一样对待。该死！（视肯特）为什么把他枷在这里？这一种举动使我相信公爵和里甘的离家只是一种计谋。把我的仆人放出来还我。去，对公爵和他的妻子说，我现在立刻就要对他们说话；叫他们出来见我，否则我要在他们的寝室门前擂鼓，直到把睡眠吵死。

葛罗斯特：我但愿你们大家和和好好的。（下）

李尔：啊！我的心！我的怒气直冲上来！去，快下去！

弄人：老伯伯，叫吧，像伦敦女摊主在把活鳗鱼和到面糊里去时那样叫唤；她用一根棍子敲打鳗鱼的头，一面叫道："下去，下去，浑蛋！"正是女摊主的兄弟，为了宠爱他的马，往草料上抹黄油。

【康华尔、里甘、葛罗斯特及众仆上。

李尔：你们两位早安！

康华尔：向陛下致敬！（众释肯特）

里甘：我很高兴看见陛下。

李尔：里甘，我想你一定高兴看见我。我知道为什么我要这样想：要是你不高兴，我就要跟你已故的母亲离婚，把她的坟墓当作一座淫妇的丘垄。（向肯特）啊！你放出来了吗？那件事等会儿再谈吧。亲爱的里甘，你的姐姐太恶了。啊，里甘！她的无情的凶恶像饿鹰的利喙一样啄我的心。我简直不能告诉你，你不会相信她忍心害理到什么地步——哦，里甘！

里甘：父亲，请您忍耐些。我希望是您不知怎样珍视大姐的好处，而不是大姐有失她的天职。

李尔：啊，这是什么意思？

里甘：我想大姐决不会有什么地方不尽天职，父亲，要是她约束了您那班随从的放荡行为，那当然有根据和正当的目的，绝对不能怪她的。

李尔：我的诅咒降在她的头上！

里甘：啊，父亲！您年纪大了，您的天性已站在它领域的边缘了，您应该让一个比您自己更明白您的地位的懂事的人领导您。所以我劝您还是回到大姐那里去，对她赔一个不是。

李尔：求她原谅吗？你看这像不像个样子："好女儿，我承认我年纪老，不中用啦，让我跪在地上，（跪）请求您赏给我衣服穿、一张床睡、一些东西吃吧。"

里甘：父亲，别多说了，这多难看，简直是胡闹！回到大姐那里去吧。

李尔：（起立）再也不回去了，里甘。她裁减了我一半的侍从；给我恶脸看；用她毒蛇一样的舌头刺痛我的心。但愿上天蓄积的报复一起降在她忘恩负义的头上！但愿恶风吹打她腹中的胎儿，让它生下来就是个跛子！

康华尔：嘿！这是什么话！

李尔：迅疾的闪电啊，用你的火焰把她傲慢的眼睛射瞎吧！烈日熏蒸的沼气啊，损坏她的美貌、打击她的骄傲吧！

里甘：天上的神明啊！您要是对我发起怒来，也会这样咒我的。

李尔：不，里甘，你永远不会受我的诅咒；你的温柔的天性决不会让你冷酷残忍。她的眼睛里有一股凶光，而你的眼睛却是温存而不烧灼的。你决不会吝惜我的享受，裁撤我的侍从，用不逊的话向我顶撞，削减我的费用，甚至于把我关在门外不让我进来；你是懂得天伦的义务、儿女的责任、礼貌的表现和受恩的感激的。你总还没有忘记我曾经赐给你一半的国土。

里甘：父亲，不要把话岔远了。

李尔：谁把我的人枷起来的？（内号角吹花腔）

康华尔：那是什么号角声音？

里甘：我知道，是大姐来了，她信上说是就要到这里来的。

【奥斯华德上。

里甘：夫人来了吗？

李尔：这是个奴才，他靠着主妇暂时的恩宠，狐假虎威，倚势凌人。滚开，贱奴，不要让我看见你！

康华尔：陛下这是什么意思？

李尔：是谁把我的仆人枷起来的？里甘，我希望你并不知道这件事。谁来啦？

【戈纳瑞上。

李尔：天啊，要是你爱老人，要是你赞成子女应该顺从父母，要是你自己也老，那么支持老人吧，派下你的使者，帮我伸雪我的怨恨吧！（向戈纳瑞）你看见我这一把胡须，不觉得惭愧吗？啊里甘，你愿意跟她拉手吗？

戈纳瑞：为什么不能拉手呢？我干了什么错事？难道糊涂昏聩的嘴一说，就可以定罪吗？

李尔：啊，我的胸膛！你还没有胀破吗？我的人怎么给枷起来的？

康华尔：陛下，是我把他枷在那儿的；照他狂妄的行为，这样的惩罚还是太轻呢。

李尔：你！是你干的吗？

里甘：父亲，您既是衰弱的老人，应该有相应的表现。要是您现在仍旧回去跟大姐住在一起，裁撤您的一半的侍从，那么等住满了一个月，再到我这里来吧。我现在不在自己家里，要供养您也有许多不便。

李尔：回到她那里去？裁撤五十名侍从！不，我宁愿什么屋子也不要住，过风餐露宿的生活，和豺狼猫头鹰做伴侣，忍受饥寒的煎熬！跟她回去！嘿，我宁愿到那娶了我的没有嫁奁的小女儿的血性的法兰西国王的座前匍匐膝行，像臣仆一样向他讨一份恩俸，苟延我的残喘。跟她回去！你还是劝我在这可恶的仆人手下当奴才做牛马吧。（指奥斯华德）

戈纳瑞：随你的便。

李尔：女儿，请你不要使我发疯，我不愿打扰你了，我的孩子。再会吧，我们从此不再相聚，不再彼此相见；可是你是我的血肉，我的女儿；或者还不如说是我身上的一个恶瘤，我不能不承认是我的；你是我的腐败的血液里的一个淤块，一个红肿的毒疮。可是我不愿责骂你，让羞辱自己按时降临吧。我没有呼召它；我不要求雷神把你劈死，我也不向最高裁判的乔武告你的状，你回去慢慢改恶从善，我可以忍耐；我可以带着我的一百名骑士，跟里甘住在一起。

里甘：那完全不行。我还没有等你来，也没有预备好适于招待您的物品。父亲，听大姐的话吧；人家用理智看待您的激情，不得不认为您老了，所以——可是大姐是知道她自己所做的事的。

李尔：这是你的好意劝告吗？

里甘：是的，父亲，这是我的真诚的意见。什么！五十个卫士？这不是很好吗？再多一些有什么用处？就是这些你也不需要。别说供养他们不起，而且这许多人成群结党，也是危险的事。一座屋子里养了这许多人，分属两个主人，怎么能友好相处？这很难，几乎不可能。

戈纳瑞：父亲，您为什么不让里甘或我的仆人侍候您呢？

里甘：对了，父亲，那不是很好吗？要是他们怠慢了您，我们也可以管束他们。您下回到我这儿来的时候，请您只带二十五个人来，因为现在我已经看到了一个危险；超过这个数目，我是恕不招待的。

李尔：我把一切都给了你们——

里甘：您给得很及时。

李尔：使你们做我的监护人，保管者，我的唯一的条件，只是让我保留这么多的侍从。什么！我必须只带二十五个人到你这里来吗？里甘，你是这样说的吗？

里甘：父亲，我可以再说一遍，到我这里来不能再多了。

李尔：有些恶人的脸相还是好看的，因为有人比他更恶。不是最坏，总还有几分可嘉。（向戈纳瑞）我愿意跟你去；你的五十个人比她的二十五个还多一倍，你的爱心也比她大一倍。

戈纳瑞：听我说，父亲。我们家里有两倍这么多的仆人可以侍候您，你自己要二十五个，十个，五个，有什么需要？

里甘：一个有什么需要？

李尔：啊！不要讲什么需要不需要。最下贱的乞丐，也有他的最不值钱的多余之物；不让自然享有满足自然需要以外的东西，人的生活将和畜类的生活一样卑贱。你是一位夫人，如果目的只是保暖，自然本不需你穿着的这样华丽的衣服，它们并不能使你温暖。可是，讲到真实的需要，那么天啊，给我忍耐吧，我需要忍耐！神啊，你们看见我在这里，一个可怜的老头子，充满了忧伤和老迈，被两者折磨得好苦！假如是你们鼓动这些女儿们的心反对她们的父亲，那么请你们不要尽是愚弄我，使我默然忍受吧！让我的心里激起崇高的怒火，让妇人所恃为武器的眼泪不要玷污我男子汉的脸颊！不，你们这两个违反天性的妖妇，我要向你们复仇，教全世界都——我会做这样的事的，到底是什么现在还不知道——但它们将是使全世界惊怖的事情。你们以为我将要哭，不，我不会哭：我虽然有充分的哭的理由，可是我这颗心碎成万片，也不会流下一滴泪来。啊，弄人哪！我要发疯了！（李尔、葛罗斯特、肯特及弄人同下）

康华尔：我们进去吧，一场暴风雨将要来了。（远处暴风雨声）

里甘：这座房子太小了，这老头儿带着他那班人来是容纳不下的。

戈纳瑞：是他自己不好，放着安逸的日子不过，一定要吃些苦，才知道自己的蠢。

里甘：单是他一个人，我倒也很愿意收留他，可是他那班跟随的人，我一个也不能容纳。

戈纳瑞：我也是这个意思。葛罗斯特伯爵呢？

康华尔：跟老头子出去了。他已经回来了。

【葛罗斯特重上。

葛罗斯特：王上正在盛怒之中。

康华尔：他到哪里去？

葛罗斯特：他叫人备马，可是不让我知道他要到什么地方去。

康华尔：最好不要管他，让他带领自己的路吧。

戈纳瑞：伯爵，您千万不要留他。

葛罗斯特：唉！天色暗起来了，野外刮着狂风，附近许多里之内，几乎一棵树丛都没有。

里甘：啊！伯爵，对于刚愎自用的人，只好让他们自己招致的灾祸教训他们。关上您的门；他有一班亡命之徒跟随在身边，他又是这样容易受人愚弄，不知道他们会煽动他干出什么来，这实在令明智的人担心。

康华尔：关上您的门，伯爵，这是一个狂暴之夜。我的里甘说得一点不错。进来躲风雨吧。（同下）

第三幕

第一场　荒原

【暴风雨，雷电。肯特和一侍臣上，相遇。

肯特： 除了恶劣的天气外，还有谁在这儿？

侍臣： 一个心绪像这天气一样不宁的人。

肯特： 我认识你。王上呢？

侍臣： 正在跟暴怒的自然力搏斗。他叫狂风把土地吹进海里，叫泛滥的波涛吞没陆地，使万物都变了样子或归于毁灭；他扯着他的白发，让盲目愤怒的暴风把它们任意披散；在他的人的微观世界之内，正在进行着比风雨的冲突更剧烈的斗争。今夜，被小熊吸干了乳汁的母熊躲着不敢出来，狮子和饿狼都不愿沾湿它们的毛皮；他却光秃着头在外面跑，叫喊让一切见鬼去吧。

肯特： 可是谁和他在一起？

侍臣： 只有那弄人，竭力用些笑话排解他的心中的伤痛。

肯特： 我知道你是什么人，我敢凭我所知告诉你一件重要的消息。

在奥本尼和康华尔两人之间,虽然表面上现在还掩盖着存在的分歧和钩心斗角;正像一般身居高位的人一样,在他们手下都有一些名为仆人,实际上却是向法国密报我们国内情形的探子,凡是这两个公爵的明争暗斗,他们两人对于善良的老王的冷酷待遇,以及其他更秘密的一切动静,全都传到了法王的耳中;现在已经有一支军队从法国开到我们这分裂的王国,知道我们疏忽无备,在我们几处最好的港口秘密登陆,不久就要揭出公开的旗帜。现在,你要是信任我的话,赶快到多佛去一趟,那边你可以找到会感谢你的人,向他如实报告王上有理由抱怨的违背天性和令他发疯的虐待。我是一个有地位有身家的绅士,因为知道你为人可靠,所以把这件差使交给你。

侍臣:我还要跟您进一步谈谈。

肯特:不,不必了。为了向你证明我并不是像我的外表那样的一个微贱之人,你可以打开这个钱袋,把里面的东西拿去。你到了多佛,一定可以见到科迪利娅,只要把这戒指给她看了,她就会告诉你,你现在所不认识的同伴是个什么人。好大的风雨!我要找王上去。

侍臣:把您的手伸给我。您没有别的话了吗?

肯特:话不在多,重在实效。我们现在先得找到王上;你朝那边走,我朝这边走,谁先找到他,就打一声招呼。(各下)

第二场　荒原另一处

【暴风雨继续未止。李尔和弄人上。

李尔：吹吧，风啊！吹破你的脸颊，猛烈地吹吧！你瀑布一样的倾盆大雨，尽管倒泻下来，直到淹没我们教堂的尖顶和房上的风信标吧！你思想一样迅捷的硫磺电火，劈开橡树的巨雷的先驱，烧焦我的白发吧！你，震撼一切的霹雳啊，把这粗壮的圆地球击平了吧！打碎造物的模型，一下子散尽摧毁制造忘恩负义的人类的种子吧！

弄人：啊，老伯伯，在一间干燥的屋子里的宫廷圣水，不比这户外的雨水好得多吗？老伯伯，回到那座屋子里去，向你的女儿们请求祝福吧；这样的夜对于聪明人和傻瓜都是不发慈悲的。

李尔：尽管轰吧！尽管吐你的火舌，尽管喷你的雨水吧！雨、风、雷、电，都不是我的女儿，我不责怪你们无情；我不曾给你们国土，不曾称你们为孩子，你们没有顺从我的义务；所以，随你们的高兴，降下你们可怕的威力来吧，我站在这里，只是你们的奴隶，一个可怜的、衰弱的、无力的、遭人贱视的老头子。可是我仍然要骂你们是卑劣的帮凶，因为你们滥用天上的威力，帮同两个恶毒的女儿来跟我这个白发老翁作对。啊！啊！这太卑劣了！

弄人：　有头脑的人总有一座房子可以藏他的头。

　　　　　头还没有屋子好藏，

　　　　　鸡巴就想找个住房，

　　　　　头和鸡巴都得长虱子，

　　　　　因此乞丐讨许多婆娘。

　　　　　一个人只顾脚趾头，

　　　　　而不顾他的心脏，

　　　　　会长个鸡眼使他叫痛。

　　　　　整夜无眠，醒到大天光。

　　　　因为漂亮的女人总要对着镜子挤眉弄眼。

【肯特上。

李尔：不，我要做忍耐的模范，我要闭口无言。

肯特：谁在那边？

弄人：一个是陛下，一个是弄人；就是说，一个聪明人，一个傻瓜。

肯特：唉！陛下，你在这里吗？喜爱黑夜的东西，不会喜爱这样的夜晚。狂怒的天象吓怕了黑暗中的漫游者，使它们躲在洞里不敢出来。自从有生以来，我从未记得听见过这样的闪电、这样可怕的雷声、这样惊人的风雨的咆哮。人的天性经受不起这样的折磨和恐惧。

第三幕　第二场　荒原另一处

李尔：让伟大的神灵在我们头顶掀起这场可怕的骚动，现在找到他们的敌人吧。颤栗吧，你心怀犯罪秘密，逍遥法外的坏蛋！躲起来吧，你血腥的手，用伪誓欺人的骗子、道貌岸然的乱伦禽兽！魂飞魄散吧，你在正直的外表遮掩下杀过人的大奸巨恶！撕下你包藏祸心的伪装，显露你罪恶的原形，向这些可怕的天吏哀号乞命吧！我是一个所受惩罚超过所犯过失的人。

肯特：唉！您头上没有一点遮盖的东西！陛下，这里附近有一间茅屋，可以替您挡挡风雨。我刚才曾经到那所冷酷的屋子里——那比它墙上的石块更冷酷无情的屋子——探问您的行踪，可是他们关上了门不让我进去。现在您且暂时躲一躲雨，我还要回去强迫他们给一点礼遇。

李尔：我的头脑开始发晕了。来，我的孩子。你怎么啦，我的孩子？你冷吗？我自己也冷呢。我的朋友，这间茅棚在什么地方？我们的必需是一种魔术，能将无价值的东西变成珍奇。来，带我到茅屋里去。可怜的弄人和仆人，我心里还留着一块地方为你感到可怜哩。

弄人：　　　一个人只要有一丁点聪明，
　　　　　　嗨呵，一阵雨来一阵风，
　　　　　　总得满足于自己的命运，
　　　　　　虽然这雨它一天天下个不停。

李尔：不错，我的好孩子。来，领我们到这茅屋去。（李尔和

肯特下）

弄人：今夜真是一个使荡妇冷却的好天气。我要在走以前作一个预言：

    当教士们讲得多做得少；

    当酿酒人在麦酒里搀水；

    当贵族是他们裁缝的老师；

    烧红的不是邪教徒而是嫖客；

    当每一件案子在法律上都正确；

    绅士们不欠债，骑士们也不贫穷；

    当没有人靠舌头诽谤去谋生；

    扒手小偷不去人头拥挤的地方；

    当放债人在田野里点他们的金币；

    娼妓和老鸨乐意出钱盖教堂——

    那时候英国就要大乱了，

    那时候，谁要是活到看到那一天，

    走路就得要用脚了。

这个预言将由默林去宣布，因为我生得比他还早。（下）

第三场　葛罗斯特城堡中一室

【葛罗斯特和埃德蒙上。

葛罗斯特：唉，唉！埃德蒙，我不赞成这种不近人情的行为。当我请求他们允许我给他一点援助的时候，他们竟剥夺我使用自己屋子的权利，不许我提起他的名字，替他说情，或者给他任何救济，不然我就要永远失去他们的欢心。

埃德蒙：太野蛮、太不近人情了！

葛罗斯特：算了，你不要说什么。两个公爵现在已经有了纷争，而且还有一件比这更严重的事情。今天晚上我接到一封信，里面的内容说出来也是很危险的；我已经把这信锁在我的书橱里了。王上现在受到这样的凌虐，总有人会来替他报复的；已经有一支军队在路上了。我们必须站在王上一边。我要找他去，暗地里接济他；你去陪公爵谈话，免得被他觉察了我的善行。要是他问起我，你就说我身子不好，已经睡了。大不了是一个死，王上是我的老主人，我不能坐视不救。出人意外的事快要发生了，埃德蒙，你须要小心点儿。（下）

埃德蒙：你违背了命令去献这种殷勤，我立刻就要去告诉公爵知道；

还有那封信我也要告诉他。这是我邀功请赏的好机会,而且一定会使我得到父亲因此将要丧失的东西,也许是他的全部家产:老的一代没落了,年轻的一代才会兴起。(下)

第四场　荒原上茅屋前

【李尔、肯特和弄人上。

肯特: 就是这地方,陛下,进去吧。这样毫无掩蔽的黑夜的暴虐,是谁也受不了的。(暴风雨继续不止)

李尔: 不要缠着我。

肯特: 陛下,进去吧。

李尔: 你要使我心碎吗?

肯特: 我宁愿自己心碎。陛下,进去吧。

李尔: 你以为这样的狂风暴雨侵袭我们的肌肤,是一件了不得的苦事,在你看来是这样的;可是一个人要是身患重病,他就感觉不到小小的痛楚。你见了一头熊就要避开,可是假如你逃的方向前面是汹涌的大海,你只好面对那头熊了。我们心绪宁静的时候,肉体是敏感的;我的心中的暴风雨已经使我失去其他一切感觉，只剩下心中的打击。儿女的忘恩！这不就像这只手把食物送进这张嘴，这嘴却咬了这手吗？可是我要重重惩罚她们。不，我不再哭泣了。在这样的夜里把我关在门外！尽管倒下来吧，什么大雨我都可以忍受。在这样的一个夜里！啊，里甘，戈纳瑞！你们年老仁慈的父亲一片诚心，把一切都给了你们——啊！那样想下去是要发疯的；让我避开这条路；别再提这些了。

肯特：陛下，进去吧。

李尔：你要舒服，你自己进去吧。这暴风雨不让我仔细思量会增加我的痛苦的事情。可是我要进去。（向弄人）进去，孩子，你先走。你这无家可归的穷人——你进去吧。我要祈祷，然后我要睡一会儿。（弄人入内）可怜赤裸的不幸的人们啊，无论你们在什么地方忍受着这样无情的暴风雨的袭击，你们的头上没有片瓦遮身，你们的腹中饥肠辘辘，你们的衣服千疮百孔，怎么抵挡得了这样的天气呢？啊！我一向太没有关心这种事情了。安享荣华的人们啊，服一剂药吧；暴露你们自己去感受这些不幸的人们的感受，你们才会分一些多余的东西给他们，表示一下上天还是公正的吧！

埃德加：（在内）九尺深，九尺深！可怜的汤姆！（弄人自屋内奔出）

弄人：老伯伯，不要进去，里面有鬼。救命！救命！

肯特： 让我搀着你，谁在里边？

弄人： 一个鬼，一个鬼。他说他的名字叫做可怜的汤姆。

肯特： 你是什么人，在这茅屋里大呼小叫的？出来。

【埃德加乔装疯人上。

埃德加： 走开！恶魔跟在我的背后！风儿吹过山楂刺丛。哼？到你冰冷的床上暖暖身子吧。

李尔： 你是把你的一切都给了两个女儿，才到了今天这个地步吗？

埃德加： 谁把什么东西给可怜的汤姆？恶魔带着他穿过大火，穿过烈焰，穿过水道和漩涡，穿过沼地和泥泞；把刀子放在他的枕头底下，把上吊的绳子放在他的凳子底下，把耗子药放在他的粥碗边；使他狂妄自大，骑一匹栗色的奔马，从四寸宽的桥上冲过去，把自己的影子当作叛徒去追逐。祝福你的五种才智！汤姆冷着呢。啊！哆嗦哆嗦哆嗦。愿旋风不吹你，星星不把毒箭射你，瘟疫不到你身上！做做好事，救救我这给恶魔害得好苦的可怜的汤姆吧！恶魔现在就在那边，在那边，又到那边去了，在那边。（暴风雨继续不止）

李尔： 什么！是他的女儿害得他变成这个样子吗？你不能留下一些什么来吗？你全都给了她们了吗？

弄人： 不，他还留着一方毡毯，否则我们大家都要不好意思了。

李尔： 愿那悬挂在天空之中的惩罚恶人的瘟疫一起降临在你的女儿身上！

肯特：陛下，他没有女儿哩。

李尔：该死的奸贼！他没有不孝的女儿，怎么会使天性沉沦到这样低的地步？难道被遗弃的父亲，都是这样一点不爱惜他们自己的肉体吗？适当的处罚！就是这个肉体产下那些枭獍般的女儿来的。

埃德加：小雄鸡坐在高墩上，呵啰，呵啰，啰，啰！

弄人：这个寒冷的夜晚会使我们大家变成傻瓜和疯子。

埃德加：当心恶魔。听从你的爷娘；说过的话不要反悔；不要赌咒；不要奸淫有夫之妇；不要把你的情人打扮得太漂亮。汤姆冷着呢。

李尔：你本来是干什么的？

埃德加：一个心性高傲的仆人，头发卷得曲曲的，帽子上佩着情人的手套，惯会讨妇女的欢心，干些不可告人的勾当；开口发誓，闭口赌咒，当着上天的面把它们一个个毁弃；睡梦里都在转奸淫的念头，一醒来便把它实行。我贪酒，我爱赌，我比土耳其人更好色；一颗奸诈的心，一对轻信的耳朵，一双不怕血腥气的手；猪一般懒惰，狐狸一般狡诡，狼一般贪狠，狗一般疯狂，狮子一般凶恶。不要让女人的脚步声和窸窸窣窣的绸衣裳的声音摄去了你的魂魄；不要把你的脚踏进窑子里去，不要把你的手伸进裙子里去，不要把你的笔碰到放债人的借据上，抵抗恶魔的引诱吧。冷风还是在打山楂树丛里吹过去；听它怎么说，

吁——吁——呜——呜——哈——哈——道芬我的孩子，我的孩子。叱嚓！让他奔过去。（暴风雨继续不止）

李尔：唉，你这样赤身裸体，受风雨的吹淋，还是死了的好。难道人不过是这样一个东西吗？想一想吧，你不欠蚕一根丝，不欠野兽一张皮，不欠羊一片毛，也不欠麝猫一点香料。嘿！我们这三个人都已经让衣服遮蔽了本来的面目，只有你保全着原形；没有文明装饰的人不过是像你这样一个寒伧的、赤裸的、两条腿的动物。脱下来，脱下来，你们这些身外之物！来，松开这里的钮扣。（扯去衣服）

弄人：老伯伯，请你安静点儿。天气这样坏的夜里是不能游泳的。旷野里一点小小的火光，正像一个好色的老头儿的心，只有这么一星星的热，其余全身都是冰冷的。瞧！一团火走过来了。

【葛罗斯特持火炬上。

埃德加：这就是那个叫做"弗力勃铁捷贝特"的恶魔，他在黄昏时候出现，一直走动到第一声鸡啼方才隐去。他叫人眼睛里长白膜和针眼，成为斜眼；他叫人长兔唇；他还会叫白面发霉，给地球上可怜的人以伤害。

　　　　圣维都尔三次经过山冈，

　　　　　　遇见魇魔和她的九个儿郎；

　　　　他说妖精你停住，

　　　　　　发个誓儿别害人；

滚吧,妖妇,你滚吧!

肯特: 陛下,您怎么啦?

李尔: 他是谁?

肯特: 那边什么人?你找谁?

葛罗斯特: 你们是些什么人?你们叫什么名字?

埃德加: 可怜的汤姆,他吃的是泅水的青蛙、蛤蟆、蝌蚪、壁虎和水蜥;恶魔在他心里捣乱的时候,他发起狂来就会把牛粪当作生菜;他吞的是老鼠和癞狗,喝的是死水上面绿色的浮渣;他到处给人家鞭打,锁在枷里,关在牢里;他从前有三身外衣、六件衬衫,跨着一匹马,带着一口剑;

可是在这整整七年时光,

耗子是汤姆唯一的食粮。

留心那跟在我背后的鬼。不要闹,史墨金!不要闹,你这恶魔!

葛罗斯特: 什么!陛下竟会跟这种人作起伴来了吗?

埃德加: 地狱里的魔王是一个绅士,他的名字叫做摩陀,又叫做玛呼。

葛罗斯特: 陛下,我们亲生的骨肉都变得那样坏,把自己生身之父当作了仇敌。

埃德加: 可怜的汤姆冷着呢。

葛罗斯特: 跟我进去吧。我的责任感不允许我全然服从您两个女儿的无情的命令;虽然她们叫我关上了门,把您丢在这狂暴的黑夜之中，可是我还是冒险出来找您，把您带到有火有食物的地方去。

李尔：让我先跟这位哲学家谈谈。天上打雷是什么缘故？

肯特：陛下，接受他的好意，进屋子去吧。

李尔：我还要跟这位学者说一句话。您研究的是哪一门学问？

埃德加：抵御恶魔的战略和消灭毒虫的方法。

李尔：让我私下里问您一句话。

肯特：大人，请您再催催他吧，他的神经有点儿错乱起来了。

葛罗斯特：你能怪他吗？（暴风雨继续不止）他的两个女儿要他死哩。唉！那善良的肯特，他早就说会有这么一天的，可怜的被放逐的人！你说王上要疯了；告诉你吧，朋友，我自己也差不多疯了。我有一个儿子，现在我已经跟他断绝关系了；他要谋害我的生命，这还是最近的事；我曾爱他，朋友，没有一个父亲比我更爱他的儿子。不瞒你说，（暴风雨继续不止）我的头脑都气昏了。这是一个什么样的晚上！陛下，求求您——

李尔：啊！请您原谅，先生。高贵的哲学家，请了。

埃德加：汤姆冷着呢。

葛罗斯特：进去，家伙，到这茅屋里去暖一暖吧。

李尔：来，我们大家进去。

肯特：陛下，这边走。

李尔：带着他，我要跟我这位哲学家在一起。

肯特：大人，随着他的意思吧，让他把这家伙带去。

葛罗斯特：您带着他来吧。

肯特：小子，来，跟我们一块儿去。

李尔：来，好雅典人。

葛罗斯特：嘘！不要说话，不要说话。（同下）

埃德加：罗兰骑士来到黑暗的塔楼，他口里一直念叨着："呸，嘿，哼！我闻到一个英国人的血腥味。"（下）

第五场　葛罗斯特城堡中一室

【康华尔和埃德蒙上。

康华尔：我在离开他的屋子以前，一定要把他惩治一下。

埃德蒙：殿下，我为了尽忠的缘故，不顾父子之情，一想到人家不知将要怎样谴责我，心里很惴惴不安哩。

康华尔：我现在才看出，你的哥哥想要谋害他的生命，并不完全出于他的恶劣天性，多半是他自己不好，该受责备才激起他的杀心。

埃德蒙：我的命运多么颠倒。做了正义的事，却必须终身抱恨！这就是他说起的那封信,这可以证实他是私通法国的间谍。天啊!但愿这种叛国行为没有发生,但愿不是我发觉了它!

康华尔: 跟我去见公爵夫人。

埃德蒙: 这信上所说的事情如果确实,那您就有一桩大事要处理了。

康华尔: 不管它是真是假,它已经使你成为葛罗斯特伯爵了。你去找找你父亲在什么地方,让我们可以把他逮捕起来。

埃德蒙: (旁白)要是我找到他正在援助那老王,他的嫌疑就格外加重了——虽然忠心和血缘关系发生剧烈的争战,我将坚决走效忠的道路。

康华尔: 我信任你。你在我的恩宠之中,将得到一个更慈爱的父亲。(各下)

第六场　邻接城堡的农舍一室

【葛罗斯特、李尔、肯特、弄人和埃德加上。

葛罗斯特: 这儿比露天好一些,不要嫌它寒伧,将就住下来吧。我再去找找有些什么吃的用的东西。我去去就来。

肯特: 他的智力已经在他的盛怒之中完全消失了。神明报答您的好

心!(葛罗斯特下)

埃德加:弗拉特累多在叫我,他告诉我尼禄王在冥湖里钓鱼。喂,傻瓜,你要留心恶魔啊。

弄人:老伯伯,告诉我,一个疯子是绅士呢还是平民?

李尔:是个国王,是个国王!

弄人:不,他是一个儿子做了绅士的平民。他这个平民真是疯了,捐钱让儿子先做了绅士。

李尔:一千条烧红的铁钎吱啦吱啦戳到她们的身上——

埃德加:恶魔在咬我的背。

弄人:谁要是相信豺狼的驯良、马儿的健康、孩子的爱情或是娼妓的盟誓,他就是个疯子。

李尔:一定要办到,我现在就要控诉她们。(向埃德加)来,最有学问的法官,你坐在这儿;(向弄人)你,贤明的官长,坐在这儿——来,你们这两头雌狐!

埃德加:瞧,他站在那儿,眼睛睁得大大的!太太,你在受审的时候,要不要有人瞧着你?

渡过河来会我,蓓西——

弄人: 她的小船儿漏了,

她不能对你说

为什么她不敢来见你。

埃德加:恶魔借着夜莺的喉咙,向可怜的汤姆作祟了。霍普丹斯在汤姆的肚子里嚷着要两条新鲜的鲱鱼。别吵,魔鬼,我没有东西给你吃。

肯特:陛下,您怎么啦!不要这样呆呆地站着。您愿意躺下来,在褥垫上休息吗?

李尔:我要先看她们受了审判再说。把她们犯罪的证据带上来。(向埃德加)你这披着法衣的审判官,请坐。(向弄人)你,他的执法的同僚,坐在他的旁边。(向肯特)你是陪审官,你也坐下了。

埃德加:　　　　　让我们秉公判断。

　　　　　你睡着还是醒着,快乐的牧羊人?

　　　　　你的羊儿往麦田里闯;

　　　　　你只要用你的小嘴吹一下哨子,

　　　　　你的羊儿就不会遭殃。

呼噜呼噜;这猫儿是灰色的。

李尔:先控诉她,她是戈纳瑞。我当着尊严的堂上起誓,她曾经踢她的可怜的父王。

弄人:过来,这女子。你的名字叫戈纳瑞吗?

李尔:她不能抵赖。

弄人:对不起,我还以为您是一张凳子哩。

李尔:这儿还有一个,她满脸的横肉就说明她的心肠是什么做的。拦住她!举起武器,拔出宝剑,点起火把!这里发生了营私舞弊!枉法的贪官,你为什么放她逃走?

埃德加：祝福你的五种才智！

肯特：哎哟！陛下，您不是常常说您没有失去忍耐吗？现在您的忍耐呢？

埃德加：（旁白）我的泪忍不住为他流下，怕要给他们瞧破我的假装了。

李尔：这些小狗：特雷、布兰奇、斯威特哈特，瞧，它们都在向我吠。

埃德加：让汤姆摔他的牛角杯把它们轰走。滚开，你们这些恶狗！

　　　　黑嘴巴，白嘴巴，

　　　　疯狗咬人磨毒牙，

　　　　猛犬、猎犬、杂种犬。

　　　　叭儿小狗团团转。

　　　　短尾巴，长尾巴，

　　　　汤姆会让它们嗥嗥叫，

　　　　只要我一摔牛角杯，

　　　　它们就猛跳没命逃。

哆啼哆啼。叱嚓！来，我们赶庙会，上市集去。可怜的汤姆，你的牛角杯干了。

李尔：叫他们剖开里甘的身体来，看看她心里有些什么东西，究竟大自然里有什么原因，能造成这样硬的心？（向埃德加）我雇用了你，叫你做我一百名侍卫中间的一个，只是我不喜欢你衣

83

服的式样。你也许要说,这是波斯装;可还是请你换一换吧。

肯特:陛下,您躺下来休息休息吧。

李尔:不要吵,不要吵,放下帐子,好,好,好。我们明早再去吃晚饭,好,好,好。

弄人:我在中午要上床去睡觉。

【葛罗斯特重上。

葛罗斯特:过来,朋友,我的主子王上呢?

肯特:在这儿,大人,可是不要打扰他,他的神经已经错乱了。

葛罗斯特:好朋友,请你把他抱起来。我偶然听到有人阴谋要杀害他。一副马抬担架准备好在外边,你快让他躺进去,驾着它到多佛,那边有人会欢迎你并且保障你的安全。抱起你的主人来;要是你耽误了半点钟的时间,他的性命连你的性命,以及一切出力救护他的人的性命,都要保不住了。抱起来,抱起来,跟我来,让我设法把你们赶快送到一处可以安身的地方。

肯特:受尽折磨的身心,现在安然入睡了;安息也许可以镇定他的损坏的神经,如果不能得到将息,它可能破碎得不可收拾。(向弄人)来,帮我扛起你的主人来。你不能留在这儿。

葛罗斯特:来,来,走吧。(肯特、葛罗斯特和弄人抬李尔下)

埃德加:　　看到主子们受同样的痛苦,
　　　　使我们忘却了自己的凄楚。
　　　　　最大的不幸是独抱牢愁,

任何的欢娱乐事已抛在后头；

　　　倘有了同病相怜的侣伴，

　　　天大的忧伤也会解去一半。

　　　国王有的是不孝的逆女，

　　　我自己遭逢无情的严父，

　　　他与我两个人一般遭际，

　　　使我的痛苦大为宽释。

　　　去吧，汤姆，

　　　要观察形势变化，莫暴露自己身份，

　　　你现在蒙着无辜的污名，

　　　总有日回复你父子关系和清白之身。

不管今夜里还会发生什么事情，王上总是安然脱险了。我还是躲起来吧。（下）

第七场　葛罗斯特城堡中一室

【康华尔、里甘、戈纳瑞、埃德蒙及众仆上。

康华尔：夫人，请您赶快到尊夫的地方去，把这封信交给他；法国

军队已经登陆了——来人,替我去搜寻那反贼葛罗斯特。(若干仆人下)

里甘:把他捉到了立刻吊死。

戈纳瑞:把他的眼珠挖出来。

康华尔:我自有处置他的办法。埃德蒙,请你陪伴我们的姐姐;我们不得不对你的叛国的父亲给予的报复,不适于让你旁观。你去告诉奥本尼公爵,叫他赶快准备;我们这儿也要采取同样的行动。我们两地之间必须随时用飞骑传报消息。再会,亲爱的姐姐;再会,葛罗斯特伯爵。

【奥斯华德上。

康华尔:怎么啦?国王在什么地方?

奥斯华德:葛罗斯特伯爵已经把他送走了;有三十五六个追随他的骑士在大门口和他会合,还有伯爵手下的几个人也在一起,一同向多佛进发,据说那边有他们武装的友人在等候他们。

康华尔:替你家夫人备马。

戈纳瑞:再会,殿下,再会,妹妹。

康华尔:再会,埃德蒙。(戈纳瑞、埃德蒙和奥斯华德下)再去几个人把那反贼葛罗斯特抓来,把他像小偷一样绑来见我们。(若干仆人下)虽然在没有经过法律手续以前,我们不能就把他判处死刑,可是为了发泄我们的愤怒,我们将凭权力行事,人们可能指摘,但无法控制我们。那边是什么人?是那反贼吗?

【众仆押葛罗斯特重上。

里甘：忘恩负义的狐狸！正是他。

康华尔：把他枯瘪的手臂牢牢缚起来。

葛罗斯特：两位殿下，这是什么意思？我的好朋友们，你们是我的客人，不要用这种无礼的手段对待我。

康华尔：捆住他。（众仆缚葛罗斯特）

里甘：缚紧些，缚紧些。啊，可恶的反贼！

葛罗斯特：你这个没有心肝的女人。我不是反贼。

康华尔：把他缚在这张椅子上。奸贼，我要让你知道——（里甘扯葛罗斯特胡须）

葛罗斯特：天神在上，这还成什么话，你扯起我的胡子来啦！

里甘：胡子这么白，想不到却是一个反贼！

葛罗斯特：恶妇，你从我的腮上拉下这些胡子来，它们将要像活人一样控诉你的罪恶。我是你们的东道主，你们不该用强盗的手，这样报答我的好客的殷勤。你们究竟要怎么样？

康华尔：说，你最近从法国得到了什么书信？

里甘：老实说出来，我们已经什么都知道了。

康华尔：你跟那些最近踏到我们国境上来的叛徒们有些什么勾结？

里甘：你把那发疯的老王送到什么人手里去了？说。

葛罗斯特：我只收到过一封信，里面都不过是些猜测之词，寄信的是一个没有偏向的人，并不是一个敌人。

康华尔：好狡猾的推托！

里甘：一派鬼话！

康华尔：你把国王送到什么地方去了？

葛罗斯特：送到多佛。

里甘：为什么送去多佛？我们不是早就警告你——

康华尔：为什么送去多佛？让他回答这个问题。

葛罗斯特：我现在被缚在刑柱上，只好让狗咬了。

里甘：为什么送去多佛？

葛罗斯特：因为我不愿看到你残忍的指甲挖出他可怜的老眼；因为我不愿看到你凶狠的姐姐用她野猪般的利齿咬进他受过涂油礼的肉体。他不戴帽的头在地狱般漆黑的夜里顶风冒雨；受到这样狂风暴雨的震荡，海也会把它的怒潮喷向天空，熄灭星星的火焰；但是他，可怜的老翁，却还要把他的泪帮助天空浇洒。要是在那样怕人的晚上，豺狼在你的门前悲鸣，你也会说，"善良的看门人，开了门放它进来吧"；除风暴外一切残酷的东西都受到接纳。可是我总有一天会见到上天的报应降临在这种儿女的身上。

康华尔：你再也不会看见了。来，按住这椅子。我要把你这一双眼睛放在我的脚底下践踏。

葛罗斯特：谁要是希望活到老年的，帮帮我吧！啊！好惨！天啊！

（葛罗斯特的一眼被挖出）

里甘：还有那一颗眼珠也挖出来，免得它嘲笑没有眼珠的一面。

康华尔：要是你看见报应——

仆甲：住手，殿下，我从小服侍您，现在请您住手，我可是从来没有为您干过一件比这更好的事。

里甘：怎么，你这狗东西！

仆甲：要是你腮上长了胡子，我现在也要把它扯下来。

康华尔：混账奴才，你反了吗？（拔剑）

仆甲：好，那么来吧，我们拼一个你死我活。（拔剑。二人决斗。康华尔受伤）

里甘：把你的剑给我。一个奴才也会撒野到这等地步！（取剑从背后刺仆甲）

仆甲：啊！我被杀死了。大人，您还剩着一只眼睛，可以看见他受到报应。啊！（死）

康华尔：哼，看他再瞧得见什么报应！出来，令人作呕的浆块！现在你还会见光吗？（葛罗斯特另一眼被挖出）

葛罗斯特：一切光明和安慰都完了。我的儿子埃德蒙呢？埃德蒙，燃起你天性中的怒火，替我报复这暗无天日的暴行吧！

里甘：哼，奸贼！你在呼唤一个憎恨你的人。就是他告发了你对我们反叛的阴谋。他是一个深明大义的人，决不会对你发一点怜悯。

葛罗斯特：啊，我真蠢！那么埃德加是冤枉的了。仁慈的神明啊，赦免我的错误,保佑他有福吧!

里甘: 把他推出门外,让他一路摸索到多佛去。(一仆牵葛罗斯特下)

怎么,殿下?您的脸色怎么变啦?

康华尔: 我受了伤啦。跟我来,夫人。把那瞎眼的奸贼撵出去,把这奴才丢在粪堆上。里甘,我的血尽在流着,这真是无妄之灾。用你的手臂搀着我。(里甘扶康华尔同下)

仆乙: 要是这家伙会有好收场,我什么坏事都可以去做了。

仆丙: 要是她会寿终正寝,所有的女人都要变成恶鬼了。

仆乙: 让我们追上老伯爵,叫那疯子乞丐领他到他所要去的地方。那疯子流浪汉做什么都不怕的。

仆丙: 你先去吧,我去拿些麻布和蛋白来,替他贴在他流血的脸上。但愿上天保佑他!(各下)

第四幕

第一场　荒原

【埃德加上。

埃德加：与其被人当面恭维而背地里鄙弃，那么还是像这样自己知道为举世所不容的好。一个最困苦、最卑贱、最为命运所屈辱的人，可以永远抱着希望而无所恐惧；从最高的地位上跌落下来，那变化是可悲的；最穷困的人只能回到欢笑！那就欢迎我所拥抱的虚无的空气吧；你把他刮到绝境的人已经一无所求，不怕你了。可是谁来啦？

【一老人领葛罗斯特上。

埃德加：我的父亲，让一个穷苦的老头儿领着？啊，世界，世界，世界！倘不是你的变幻无常使我们恨你，谁会甘心接受变老和死亡呢。

老人：啊，我的好老爷！我在老太爷手里就做您府上的佃户，一直做到您手里，已经有八十年了。

葛罗斯特：去吧，好朋友，你快去吧。你的安慰对我一点没有好处，他们也许会害你的。

老人：您眼睛看不见，怎么走路呢？

葛罗斯特：我没有路，所以不需要眼睛；当我能够看见的时候，我曾失足颠仆。往往我们可以看到，因为有所恃而失之于大意，缺陷却能对我们有益。啊！埃德加好儿子，你的父亲受人愚弄，错怪了你，要是我能在未死以前摸到你的身体，我就要说，我又有了眼睛啦。

老人：啊！谁在那边？

埃德加：（旁白）神啊！谁能够说，"我现在已经到了不幸的极点？"我现在比从前任何时候更要不幸。

老人：那是可怜的疯子汤姆。

埃德加：（旁白）也许我还要碰到更不幸的命运；当我们能说"这是最不幸的事"的时候，那还不是最不幸的。

老人：汉子，你到哪儿去？

葛罗斯特：是一个叫花子吗？

老人：是个疯叫花子。

葛罗斯特：他的理智还没有完全丧失，否则他不会向人乞讨。在昨晚的暴风雨里，我也看见过这样一个家伙，他使我想起一个人不过等于一条虫；那时候我儿子的形象闪进我的心里，可是当时我正在恨他，不愿想起他；后来我才听到一些其他的事。天神对于我们，正像顽童对于苍蝇一样，他们为了戏弄而把我们杀害。

埃德加：（旁白）怎么会有这样的事？在一个伤心人面前装傻，对自己，对别人，都是一件不愉快的事，使自己和旁人都恼火。（向葛罗斯特）祝福你，先生！

葛罗斯特：他就是那个不穿衣服的家伙吗？

老人：正是，老爷。

葛罗斯特：那么，你走吧。我要请他领我到多佛去，要是你看在我的份上，愿意回去拿一点衣服来替他遮盖遮盖身体，那就再好不过了；我们不会走远，从这儿到多佛的路上一二里之内，你一定可以追上我们。为了过去的情分这样做吧。

老人：老爷！可惜他是个疯子哩。

葛罗斯特：疯子带领瞎子走路，本来就是这时代的病态。照我的话做，或者不如说，是照你自己的意思做吧。第一件事情是请你走吧。

老人：我要把我最好的衣服拿来给他，不管这会引起怎样的后果。（下）

葛罗斯特：喂，不穿衣服的家伙——

埃德加：可怜的汤姆冷着呢。（旁白）我不能再假装下去了。

葛罗斯特：过来，汉子。

埃德加：（旁白）可是我不能不假装下去——祝福你的可爱的眼睛，

它们在流血哩。

葛罗斯特：你认识到多佛去的路吗？

埃德加：一处处栅门梯墙，一条条马路和人行小径，我全都认识。可怜的汤姆被他们吓迷了心窍，祝福你，好人的儿子，愿恶魔不来缠绕你！五个魔鬼一起捉弄着可怜的汤姆：一个是色魔奥别狄克特；一个是哑鬼霍别狄丹斯；一个是偷东西的玛呼；一个是杀人的摩陀；一个是扮鬼脸的弗力勃铁捷贝特，他后来常常附在丫头、使女的身上。好，祝福你，先生！

葛罗斯特：来，你这受尽上天凌虐的人，把这钱袋拿去。我的不幸却是你的运气。上天啊，愿你常常如此！让那穷奢极欲，随意利用你的命令，因为知觉麻木而沉迷不悟的人，赶快感到你的威力吧；从享用过度的人手里夺过一些来进行分配，让每一个人所得都足够吧。你知道多佛吗？

埃德加：知道，先生。

葛罗斯特：那边有一座悬崖，它高耸的绝顶可怕地俯瞰着幽深的海水；你只要领我到那悬崖的边上，我就给你一些我随身携带的贵重的东西，可以解除你的困苦；从那里起我也就不需要人带路了。

埃德加：把你的手臂给我，让可怜的汤姆搀你走。（同下）

第二场　奥本尼公爵府前

【戈纳瑞和埃德蒙上。】

戈纳瑞：欢迎，伯爵，我感到奇怪，我那位和善的丈夫为什么不来迎接我们。

【奥斯华德上。】

戈纳瑞：主人呢？

奥斯华德：夫人，他在里边，可是从来没有人变化这样大了。我告诉他法国军队登陆的消息，他听了只是微笑。我告诉他说您来了，他的回答却是，"还是不来的好"；我告诉他葛罗斯特怎样谋反，他的儿子怎样尽忠的时候，他骂我蠢东西，说我颠倒是非。凡是他所应该痛恨的事情，他听了似乎都很高兴；他所应该欣慰的事情，反而使他恼怒。

戈纳瑞：（向埃德蒙）那么你到此止步吧。这是他懦怯畏缩的天性，使他不敢担当大事；他宁愿忍受侮辱，不肯挺身对答。我们在路上谈起的那个愿望，也许可以实现。埃德蒙，你且回到我的妹夫那儿去，催促他赶紧调齐人马，交给你统率；我这儿只好由我自己出马，把家务托付我的丈夫照管了。这个可靠的仆人可以替我们传达消息。要是你有胆量为了你自己的好处而冒险，不久你大概就会听到女主人的命令。把这东西带在身上，不要多说什么。（以饰物赠埃德蒙）低下你的头：这一个吻，要是它敢于说话，会叫你的魂儿飞上天的。你要明白我的心。再会吧。

埃德蒙：我愿为您赴汤蹈火。

戈纳瑞：我的最亲爱的葛罗斯特！（埃德蒙下）唉！男人和男人之间竟有这样的不同！你理应得到一个女人的服务，而我却让一个傻瓜侵占了我的眠床。

奥斯华德：夫人，殿下来了。（下）

【奥本尼上。

戈纳瑞：我回来总值得你迎接一下吧？

奥本尼：啊，戈纳瑞！你的价值还比不上那狂风吹在你脸上的尘土。我替你这种脾气担着心事：一个人要是看轻了自己的根本，将不能守住他安全的本份；一棵树如果砍了枝干、断了生命的汁液，一定会枯萎，让人当作枯柴付之一炬。

戈纳瑞：得啦得啦，全是些傻话。

奥本尼：智慧和仁义在恶人眼中看来都是恶的；下流的人只喜欢下流的事。你们干下了些什么事情？你们是猛虎，不是女儿，你们干了些什么事啦？这样一位父亲，这样一位仁慈的老人家，一头野熊见了他也会俯首帖耳，你们这些蛮横下贱的女儿却把他逼成了疯狂！难道我那位贤襟兄会让你们这样胡闹吗？他也是个堂堂汉子，一邦的君主，又受过他这样的深恩厚德！要是上天不立刻降下一些明显的灾祸来惩罚这种万恶的行为，惩罚总是会来的，人类一定会自相吞食，像深海的海怪一样了。

戈纳瑞：不中用的懦夫！你让人家打肿你的脸，把侮辱加在你的头上，还以为是一件体面的事；正像那些不明是非的傻瓜，人家存心害你，幸亏发觉得早，他们在未下毒手以前就受到惩罚，你却还要可怜他们。你的鼓呢？法国的旌旗已经展开在我们安宁的国土上了，它顶着羽毛飘扬的战盔已经开始威胁你的国家，而你这讲道德的傻子却坐着一动不动，只会说，"唉！他为什么要这样呢？"

奥本尼：瞧瞧你自己吧，魔鬼！恶魔本身的丑恶形状，在一个女人身上更要可怕。

戈纳瑞：哎哟，你这没有头脑的蠢货！

奥本尼：你这变了形掩饰着自己的东西，不要露出狰狞的面目来吧！要是我可以允许这双手服从我的怒气，它们一定会把你的肉和骨一块块扯下来；可是你虽然是一个魔鬼，女人的形状庇护着你。

戈纳瑞：哼，这就是你的男子汉气概。——呸！

【一使者上。

奥本尼：有什么消息？

使者：啊！殿下，康华尔公爵死了。他去挖葛罗斯特第二只眼睛的时候，被一个仆人杀死了。

奥本尼：葛罗斯特的眼睛！

使者：他雇养的一个仆人激于义愤，反对他这一行动，拔出剑来刺向他的主人；他的主人也动了怒，和他奋力猛斗，结果把那仆人砍死了，可是自己也受了重伤，终于不治身亡。

奥本尼：啊，这说明主持正义的天神究竟还是有的，这样快就诛罚了人世的罪恶！但是啊，可怜的葛罗斯特！他失去了他的第二只眼睛了吗？

使者：殿下，两只，两只。夫人，这封信是您的妹妹写来的，请您立刻给她一个回音。

戈纳瑞：（旁白）从某方面说来，这是一个好消息。可是她做了寡妇，我的葛罗斯特又跟她在一起，也许我的一切美梦都全落空，生活变得可憎。不然的话，这消息还不算顶坏。（向使者）我读过再写回信。（下）

奥本尼：他们挖去他的眼睛的时候，他的儿子在什么地方？

使者：他是跟夫人一起到这儿来的。

奥本尼：他不在这儿。

使者：不，殿下，我在路上碰见他回去了。

奥本尼：他知道这桩罪恶的事情吗？

使者：是，殿下，就是他出首告发他的，他离开那座屋子，为的是让他们的刑罚方便一些。

奥本尼：葛罗斯特，我永远感激你对王上的爱戴，一定替你报复你的挖目之仇。过来，朋友，告诉我你还知道的其他消息。（同下）

第三场　多佛附近法军营地

【肯特和一侍臣上。

肯特：为什么法王突然回去，您知道这事的理由吗？

侍臣：他在国内有一点未了的要事，出来以后方才想起；因为那事情有关国家安危，他不能不亲自回去料理。

肯特：他去了以后，委托什么人做主帅？

侍臣：法国元帅拉·发先生。

肯特：王后看了您的信，有没有什么悲哀的表示？

侍臣：是的，先生，她拿了信，当着我的面读起来，一颗颗饱满的泪珠不时淌下她的娇嫩的面颊；看来她还控制得住自己的感情，虽然她的感情像叛徒一样想要把她压服。

肯特：啊！那么她是受到感动了。

侍臣：她并不痛哭流涕，忍耐和悲哀互相竞争着看谁能把她表现得最美。您曾经看见过阳光和雨点同时出现；她的微笑和眼泪也正是这样，只是更为动人；那些飘动在她红润的嘴唇上的小小的微笑，似乎不知道她的眼睛里有些什么客人，它们从她钻石样的眼睛里像一串珍珠滚了出来。简单一句话，要是所有的悲哀都是这样美，那么悲哀将要成为最受世人喜爱的珍奇了。

肯特：她没有说过什么话吗？

侍臣：一两次她的嘴里迸出了"爸爸"这个词，好像它重压着她的心一般；她哀呼着，"姐姐！姐姐！女人的耻辱！姐姐！肯特！父亲！姐姐！什么，在风雨里吗？在黑夜里吗？不要相信世上还有怜悯吧！"于是她挥去了她天仙般的眼睛里的圣水，然后哀号为泪水所平息，她移步他往，和哀愁独自作伴去了。

肯特：那是星辰，天上的星辰决定着我们的性格；否则同一的父母怎样会生出这样不同的孩子。您后来没有跟她说过话吗？

侍臣：没有。

肯特：这是在法王回国以前的事吗？

侍臣：不，这是他去后的事。

肯特：好，告诉您吧，可怜的受难的李尔已经到了此地，他在比较清醒的时候，记起我们来干什么事，一定不肯见他的女儿。

侍臣：为什么呢，好先生？

肯特：一种压倒一切的羞耻之心推开了他；他自己的绝情剥夺了她应得的祝福，使她远适异国，冒意外的风险，把她的重要权利分给那两个犬狼之心的女儿。这一切像毒螫刺着他的心,使他充满了火烧一样的惭愧,阻止他和科迪利娅相见。

侍臣：唉！可怜的人！

肯特：关于奥本尼和康华尔的军队,您没有听见什么消息？

侍臣：是的,他们已经出动了。

肯特：好,先生,我要带您去见我们的王上,请您照料他。我因为有某种重要的理由,必须暂时隐藏我的真相；当您知道我是什么人以后,您决不会后悔跟我结识的。请您跟我去吧。（同下）

第四场　同前。帐幕

【旗鼓前导,科迪利娅、医生和兵士等上。

科迪利娅：唉！正是他。刚才还有人看见他,疯狂得像被风激动的怒海,高声歌唱,头上插满了恶臭的地烟草、牛蒡、毒芹、荨麻、杜鹃花和各种杂生在麦田里的野草。派一百名士兵到繁茂的田里各处搜寻,把他领来见我。（一军官下）人的智慧能不能恢复他丧失的神志？谁要是能够医治他,我愿意把我的身外的富贵全都送给他。

医生： 娘娘，办法是有的。休息是天性的奶娘，他现在就缺少休息；有许多有效的草药可以使他阖上痛苦的眼睛而睡去。

科迪利娅： 一切神圣的秘密，一切地下潜伏的灵奇，随着我的眼泪一起奔涌出来吧！帮助解除这位善良人的痛苦！快去找他，快去找他，我只怕他的控制不住的狂怒，会消溶他失去主宰的生命。

【一使者上。

使者： 报告娘娘，英国军队向这里开过来了。

科迪利娅： 我们早已知道。一切都预备好了，只等他们到来。亲爱的父亲啊！我这次掀动干戈，是为了你的缘故。因此伟大的法兰西国王被我的悲哀和祈求的眼泪所感动。鼓动我们出兵的并非非分的野心，而是真情，热烈的真情和我们的老父的权利。但愿我不久就可以听见和看见他！（同下）

第五场　葛罗斯特城堡中一室

【里甘和奥斯华德上。

里甘： 可是姐夫的军队已经出发了吗？

第四幕　第五场　葛罗斯特城堡中一室

奥斯华德：出发了，夫人。

里甘：他亲自率领吗？

奥斯华德：夫人，好容易才把他催上了马；还是您的姐姐是个更好的军人哩。

里甘：埃德蒙伯爵到了你们家里，有没有跟你家主人谈过话？

奥斯华德：没有，夫人。

里甘：姐姐给他的信里有些什么话？

奥斯华德：我不知道，夫人。

里甘：告诉你吧，他有重要的事情，已经离开此地了。挖去了葛罗斯特的眼睛以后，仍旧放他活命，实在是一个极大的失策；因为他每到一处地方，都会激起所有人心反对我们。我想埃德蒙因为怜悯他的困苦，是去给他解脱他的暗无天日的生涯的；而且他还负有侦察敌人实力的使命。

奥斯华德：夫人，我必须追上去把我的信交给他。

里甘：我们的军队明天就要出发；你暂时呆在我们的地方，路上很危险呢。

奥斯华德：我不能，夫人，我家夫人曾经盼咐我不准误事的。

里甘：为什么她要写信给埃德蒙呢？难道你不能口头传达她的意思吗？看来恐怕有点儿——我也不知道是什么。让我拆开这封信，我会重赏你的。

奥斯华德：夫人，那我宁可——

里甘：我知道你家夫人不爱她的丈夫；这一点我是可以确定的。她最近在这里时对高贵的埃德蒙抛掷含有奇怪意义和调情的眼神。我知道你是她的心腹之人。

奥斯华德：我，夫人！

里甘：我的话是了解情况而说的，我知道你确是她的心腹；所以我劝你仔细听我说，我的丈夫已经死了，埃德蒙跟我曾经两下谈妥，他和我结婚比和你家夫人结婚更合适些。其余的你自己去意会吧。要是你找到了他，请你把这交给他；你把我的话对你家夫人说了以后，我请她仔细想个明白。好，再会。假如你听见人家说起那瞎眼的老贼，谁能把他除掉一定可以得到升迁。

奥斯华德：但愿他能够碰在我的手里，夫人，我一定可以表明我是追随哪一方面的。

里甘：再会。（各下）

第六场　多佛附近的乡间

【葛罗斯特和埃德加穿农民装束同上。

葛罗斯特：什么时候我才能够登上山顶？

埃德加：您现在正在爬上去。瞧这路多难走。

葛罗斯特：我觉得这地是平的。

埃德加：陡峭得可怕呢。听！你听见海的声音吗？

葛罗斯特：不，我真的听不见。

埃德加：哎哟，那么因为您的眼睛痛得厉害，所以别的知觉也连带糊涂起来啦。

葛罗斯特：那倒也许是真的。我觉得你的口音也变了样，你讲的话措词和内容都比以前好了。

埃德加：您错啦，除了我的衣服以外，我什么都没有变样。

葛罗斯特：我觉得你的话像样得多啦。

埃德加：来，先生，我们已经到了，您站好，不要动。把眼睛一直望到这么低的地方，真是惊心眩目！在半空盘旋的乌鸦，瞧上去还没有甲虫那么大；山腰中间悬着一个采海蓬子的人，可怕的工作！我看他的全身简直抵不上他的头大。在海滩上走路的渔夫就像小鼠一般，那艘碇泊在岸旁的高大的帆船小得像它的舢舨；它的舢舨；小得像一个浮标，几乎看不出来。波涛在海滨无数的石子上冲击的声音，也不能传到这样高的所在。我不愿再看下去了，恐怕我的头脑发晕，眼睛一花，就要倒栽葱直跌下去。

葛罗斯特：带我到你所立的地方。

埃德加：把您的手给我。您现在已经离开悬崖的边只有一尺之距了；就是把天下所有的一切都给了我，我也不愿意跳下去。

葛罗斯特：放开我的手。朋友，这儿又是一个钱袋，里面有一颗宝石，很值得穷人拿去；愿天神保佑你因此而得福吧！你走远一点；向我告别一声，让我听见你走过去。

埃德加：再会吧，好先生。

葛罗斯特：再会。

埃德加：（旁白）我这样戏弄他的目的，是要把他从绝望的境界中解救出来。

葛罗斯特：威严的神明啊！我现在宣布抛弃这个世界，当着你们的面，摆脱我的极大的痛苦；要是我能够再忍受下去而不怨尤你们不可反抗的伟大的意志，我这可厌的残生本可像烛花一样烧尽自灭的。要是埃德加尚在人世，神啊，请你们祝福他！现在，朋友，我们再会了！（向前仆地）

埃德加：我去了，先生，再会。（旁白）可是我不知道当一个人已经失去生的意志时，想象力如何能剥夺他的生命；要是他果真在他所想象的那个地方，现在他早已没有思想了。活着还是死了？（向葛罗斯特）喂，你这位先生？朋友！你听见吗，先生！说呀！也许他真的死了；可是他醒过来啦。你是什么人，先生？

葛罗斯特：走开，让我死。

埃德加：要是你不过是一根蛛丝，一片羽毛，一阵空气，从这样千仞的悬崖上跌落下来，也要像鸡蛋碰得粉碎；可是你还在呼吸，有物体的重量，没有流血，还会说话，身体好好的。十根桅杆连接起来，也不及你所笔直跌落下来的高度；你的生命是一个奇迹。再对我说话吧。

葛罗斯特： 可是我究竟有没有跌落下来？

埃德加： 你就是从这白垩岩崖的可怕的绝顶上跌下来的。抬起头来看一看吧；鸣声嘹亮的云雀飞到了那样的高度，我们从这里看不见它，也听不见它的声音；你只要朝上看。

葛罗斯特： 唉！我没有眼睛哩。难道一个苦命的人，连寻死的权利都被剥夺了吗？罢了，这也是一种安慰：苦难的人能不让骄横的暴君如愿以偿。

埃德加： 把你的手臂给我，起来，好。怎样？站得稳吗？你站住了。

葛罗斯特： 很稳，很稳。

埃德加： 这真太不可思议了。刚才在那悬崖的顶上，从你身边走开去的是什么东西？

葛罗斯特： 一个可怜不幸的叫花子。

埃德加： 我站在下面望上去，仿佛见他的眼睛像两轮满月；他有一千个鼻子，长着扭曲和波纹形的角；一定是个什么妖魔。所以，幸运的老人家，你应该想这是最纯正的、无所不能的神明保佑了你。

葛罗斯特： 我现在记起来了。从此以后，我要耐心忍受痛苦，直等它有一天自己喊了出来，"够啦，够啦。"那时候再撒手死去。

你所说起的那个东西,我还以为是个人;它老是嚷着"恶魔,恶魔"的,就是他把我领到了那个地方。

埃德加: 不要胡思乱想,安心忍耐。可是谁来啦?

【李尔身饰杂乱鲜花上。

埃德加: 一个有清明神志的人,决不会把自己打扮成这一个样子。

李尔: 不,他们不能判我私铸货币的罪名,我是国王。

埃德加: 啊,令人伤心的景象!

李尔: 在那一点上,天然是胜过人工的。这是强迫你们当兵的慰劳费。那家伙弯弓的姿势,活像一个稻草人;给我射一支一码长的箭试试看。瞧,瞧!一只小老鼠!别闹,别闹!这一块烘乳酪可以捉住它。这是我的铁手套:尽管他是一个巨人,我也要跟他一决胜负。把那些戟手带上来。啊!飞得好,鸟儿,刚刚中在靶心里,咻!口令!

埃德加: 牛至菜。

李尔: 放过去。

葛罗斯特: 我认识那个声音。

李尔: 嘿!长着白胡须的戈纳瑞!她们像狗一样向我献媚,说我在没有长黑须以前,就已经有了白须。我说一声"是",她们就应一声"是";我说一声"不",她们就应一声"不"!又说"是",又说"不",可不是好教徒的行为。当雨点淋湿了我,风吹得我牙齿打颤,当雷声不肯听我的话平静下来的时候,我就发现了她们，嗅出了她们的踪迹。算了，她们不是心口如一的人；她们恭维我说我什么都做得到，那全然是个谎，一发起烧来我就没有办法。

葛罗斯特：这说话的声调我记得很清楚，他不是国王吗？

李尔：嗯，每一寸都是国王。我只要一瞪眼，我的臣民就要吓得发抖。我赦免那个人的死罪。你犯的是什么案子？奸淫吗？你不用死；为了奸淫而犯死罪！不，小鸟儿都在干那把戏，金苍蝇当着我的面也会公然交尾哩。让交配兴旺发达吧，因为葛罗斯特的私生子比我合法的女儿更孝顺父亲。淫风越盛越好，我巴不得他们替我多制造几个士兵出来。瞧那个假笑的妇人，她的脸似乎说她两条腿之间全是冰雪，她一听见人家谈起调情的话儿就要摇头；其实她自己干起那回事来，比臭猫和骚马还要浪得多哩。她们的上半身虽然是女人，下半身却是淫荡的妖怪；腰带以上是属于天神的，腰带以下全是属于魔鬼的：那里是地狱，那里是黑暗，那里是硫磺火坑，热烫、恶臭、腐烂。啐！啐！啐！呸！呸！好掌柜，给我称一两麝香，让我解解我的想象中的臭气；钱在这儿。

葛罗斯特：啊！让我吻一吻那只手！

李尔：让我先把它擦干净；它上面有一股死亡的气息。

葛罗斯特：啊，败坏了的一个大自然的杰作！这广大的世界也将像这样败落成一无所有。你认识我吗？

李尔：我很记得你的这双眼睛。你在向我翻白眼吗？不，瞎眼的丘必特，随你使出什么手段来，我是再也不会恋爱的。这是一封挑战书，你拿去读吧，瞧瞧它是怎么写的。

葛罗斯特：即使每一个字都是一个太阳，我也瞧不见。

埃德加：（旁白）要是人家告诉我这样的事，我一定不会相信；可是这是真的，我的心要碎了。

李尔：读嘛。

葛罗斯特：什么！用眼眶子读吗？

李尔：啊哈！你原来是这个意思吗？你的头上不长眼睛，你的袋里也没有钱吗？你的眼皮重了，你的钱袋轻了，可是你却看见这世界的人情如何。

葛罗斯特：我只能靠感觉了解到。

李尔：什么！你疯了吗？一个人就是没有眼睛，也可以看见这世界的人情如何。用你的耳朵瞧吧：你不看见那法官怎样骂那个可怜的偷儿吗？侧过你的耳朵来，听我告诉你：让他们两人换了地位，谁还认得出哪个是法官，哪个是偷儿？你见过农家的狗向乞丐吠叫吗？

葛罗斯特：嗯，陛下。

李尔：你还看见那乞丐怎样给那条狗赶跑吗？从这件事上你可以看到权威的大影子；一条狗得了职位，也可以使人家服从。你这可恶的教吏，停住你的残忍的手！为什么你鞭打那个妓女？把你自己背上的衣服脱光吧;你自己热切地想和她犯奸淫,却因为她跟人家犯奸淫而鞭打她。放债的家伙绞杀骗子。褴褛的衣衫遮不住小小的过失;披上锦袍裘服,便可以隐匿一切。给罪恶贴了金,法律的枪就无效而断;把它用破布裹起来,一根侏儒的稻草就可以戳破它。没有一个人是犯罪的,我说,没有一个人。我愿意为他们担保;相信我吧,我的朋友,我有权力封住控诉者的嘴唇。你还是去装上一副玻璃眼睛,像一个卑鄙的阴谋家,假装能够看见你所看不见的事情吧。来,来,来,来,替我把靴子脱下来,用力一点,用力一点,好。

埃德加:(旁白)啊!真话和胡说混在一起,疯狂中的理智。

李尔: 要是你愿意为我的命运痛哭,那么把我的眼睛拿了去吧。我知道你是什么人:你的名字是葛罗斯特。你必须忍耐。我们哭着来到这个世上,你知道我们第一次嗅到空气,就哇哇地哭起来。让我讲一番道理给你听,你听着。

葛罗斯特: 唉!唉!

李尔: 当我们出生的时候,我们为来到这个傻瓜的大舞台而哭。这顶帽子的式样很不错!用毡子包马蹄倒是一条妙计;我要试它一下,偷偷进入我那两个女婿的营里,然后就杀,杀,杀,杀,杀,杀!

【侍臣率侍从数人上。

侍臣: 啊!他在这里,抓住他。陛下,您的最亲爱的女儿——

李尔：没有人救我吗？什么！我是囚犯了吗？我甚至成了命运的天然弄人。待我好一些，有人会拿钱来赎我的。替我请外科医生，我的头脑受了伤啦。

侍臣：您将会得到您所需要的一切。

李尔：一个伙伴也没有？只有我一个人吗？哎哟，这样会叫人变成了泪人儿，用他的眼睛充作浇园子的水壶，使秋天的尘土扬不起来。

侍臣：陛下——

李尔：我要像一个新郎似的勇敢死去。嘿！我要高高兴兴的。来，来，我是国王，各位知道吗？

侍臣：您是尊严的国王，我们服从您的旨意。

李尔：那么还有几分生机。要去快去。唦唦唦唦。（下。侍从等随下）

侍臣：最微贱的平民到了这一步，也会叫人看了伤心，何况是国王！你那两个不孝的女儿使一般人性受到诅咒，可是你还有一个女儿，她把人性从这诅咒中间救赎了出来。

埃德加：你好，先生。

侍臣：足下有什么见教？

埃德加：您有没有听见什么关于有一场战事将要发生的消息？

侍臣：这是千真万确，谁都知道的事了。每一个耳朵能够辨别声音的人都听到了这样的消息。

第四幕　第六场　多佛附近的乡间

埃德加：可是借问一声，对方的军队离这里有多少路？

侍臣：很近了，他们一路来得很快，他们的主力部队每一点钟都有到来的可能。

埃德加：谢谢您，先生，这是我所要知道的一切。

侍臣：王后虽然有特别的原因还在这里，她的军队已经开上去了。

埃德加：谢谢您，先生。（侍臣下）

葛罗斯特：永远仁慈的神明，请拿走我的呼吸吧！不要在你们没有要我死以前，再让我的恶天使引诱我结束自己的生命！

埃德加：您祷告得很好，老人家。

葛罗斯特：好先生，您是什么人？

埃德加：一个非常穷苦的人，受惯命运的打击；因为自己是从忧患中过来的，所以很容易抱同情。把您的手给我，让我把您领到一处可以栖身的地方去。

葛罗斯特：多谢多谢，愿上天大大赐福给您！

【奥斯华德上。

奥斯华德：明令缉拿的要犯！正巧碰在我手里！你那颗瞎眼的头颅，却是我进身的阶梯。你这倒霉的老奸贼，赶快忏悔你的罪恶。剑已经拔出了，你今天难逃一死。

葛罗斯特：但愿你这慈悲的手多用一些气力，帮助我早早脱离苦痛。

（埃德加插入阻止奥斯华德）

奥斯华德：怎么，大胆的村夫，你敢袒护一个明令缉拿的叛徒？

滚开,免得你也遭到和他同样的命运。放开他的手臂。

埃德加: 先生,你不向我说明理由,我是不放的。

奥斯华德: 放开,奴才,否则我叫你死。

埃德加: 好先生,你走你的路,让穷人们过去吧。这种吓人的话,就是接连说上半个月也吓不倒人的。不,不要走近这个老头儿。我关照你走远一点儿;不然我要试试是你的头硬还是我的棍子硬。我向你说明白了。

奥斯华德: 走开,混账东西!

埃德加: 我要拔掉你的牙齿,先生。来,尽管刺过来吧。(二人决斗,埃德加击奥斯华德倒地)

奥斯华德: 奴才,你杀死我了。把我的钱袋拿去吧。要是你希望将来有好日子过,请你把我的尸体埋了;我身边还有一封信,请你替我送给葛罗斯特伯爵,埃德蒙老爷,他在英国军队里,你可以找到他。啊!我死得过早了!(死)

埃德加: 我认识你,你是一个惯会讨主子欢心的奴才;你的女主人无论有什么恶毒的命令,你总是唯命是听。

葛罗斯特: 什么!他死了吗?

埃德加: 坐下来,老人家,您休息一会儿吧。让我们搜一搜他的衣袋。他说起的那信,也许对我有一点用处。他死了,我只可惜他不死在别人的手里。让我们看。对不起,好蜡,我要把你拆开来了;恕我无礼,为了要知道我们敌人的思想,就是他们的心肝也要剖开，拆开他们的信件更是合法的事。"不要忘记我们彼此间的誓约。你有许多机会可以除去他；如果你不乏决心，时间和地点有的是。要是他得胜归来，那就什么都完了；我将要成为囚人，他的床就是我的牢狱。把我从它可憎的温暖中拯救出来，作为报酬你可以取代这个位置。你的亲爱的仆人（但愿我能换上'妻子'两字）戈纳瑞。"啊，不可测度的女人的心！谋害她的善良的丈夫，叫我的兄弟取代他的位置！在这砂土之内，我要把你掩埋起来，你这杀人的狗男女的邪恶使者。在适当的时候，我要让那被人阴谋杀害的公爵见到这一封卑劣的信。我能够把你的死讯和你的使命告诉他，对于他是一件幸运的事。

葛罗斯特： 王上疯了，我的可恶的知觉这样牢固，我一站起身来，就敏锐地意识到我巨大的悲痛！我还是疯了的好，那样我可以不再想到我的不幸，让一切痛苦在昏乱的幻想之中忘记了它们本身的存在。（远处鼓声）

埃德加： 把您的手给我，我好像听见远处有打鼓的声音。来，老人家，我把您安顿在一个朋友的地方。（同下）

第七场　法军营帐

【科迪利娅、肯特、医生及侍臣上。

科迪利娅：好肯特啊！我今生怎么能够报答你的好意呢？我的生命会太短，而且感激的程度总是不够。

肯特：娘娘，只要被了解，就是得到报偿而有余了。我所讲的话，句句都是事实，没有一分增减。

科迪利娅：去换一身好一点的衣服吧。你身上的衣服是那一段悲惨的时光中的纪念品，请你脱下来吧。

肯特：原谅我，娘娘，但现在被人认出来，会妨碍我预定的计划。请您把我当作一个不相识的人，等到我认为适当的时候再说。

科迪利娅：那就照你的意思吧，伯爵。(向医生)王上怎样？

医生：娘娘，他仍旧睡着。

科迪利娅：慈悲的神明啊，医治他的被蹂躏的天性中的这一重大裂痕！让这个返老还童的父亲的错乱神志重新协调吧！

医生：请问娘娘，我们现在可不可以叫王上醒来？他已经睡得很久了。

科迪利娅：照你的意见，该怎么办就怎么办吧。他有没有穿着好？

【李尔卧椅内，众仆抬上。

第四幕　第七场　法军营帐

侍臣：是，娘娘，我们趁着他熟睡的时候，已经替他把新衣服穿上去了。

医生：娘娘，请您不要走开，等我们叫他醒来；我相信他的神志已经稳定了。

科迪利娅：很好。（奏乐）

医生：请您走近一步。音乐还要响一点儿。

科迪利娅：啊，我亲爱的父亲！但愿我的嘴唇上有康复的灵药，让这一吻修复我那两个姐姐加在你身上的暴烈的伤害吧！

肯特：善良的好公主！

科迪利娅：即使你不是她们的父亲，这白发也本该引起她们的怜悯呀。这样一张脸受得起狂风的吹打吗？它能够抵御可怕的雷霆吗？在最吓人的迅速分叉的电闪之下，你像一个可怜的哨兵，光着头在守夜吗？我的敌人的狗，即使它曾经咬过我，在那样的夜里，我也要让它躺在我的火炉之前。但是你，可怜的父亲，却甘心钻在窝棚中霉烂的碎稻草里同猪和悲惨的流浪汉为伴吗？唉！唉！你的生命没有同你的神志同归于尽，这才是奇迹呢。他醒来了，对他说话吧。

医生：娘娘，您去对他说，这最合适了。

科迪利娅：父王陛下，您好吗？

李尔：你们不应该把我从坟墓里拖出来。你是一个有福的灵魂；我却缚在火轮上，眼泪像熔铅一样灼痛我自己的脸。

科迪利娅：父亲，您认识我吗？

李尔：你是一个灵魂，我知道，你在什么时候死的？

科迪利娅：还是迷失得很远呢。

医生：他还没有完全清醒过来，暂时让他去。

李尔：我到过什么地方？现在我在什么地方？大白天了吗？我受尽了骗啦。即使看到另一个人这样受骗，我也会痛心死的。我不知道应该说什么。我不愿发誓说这双手是我的。让我试试看，我感到这里的别针扎得有些疼。但愿我能够知道我自己的确实情形！

科迪利娅：啊！瞧着我，父亲，把手按在我头上为我祝福吧。不，父亲，您千万不能下跪。

李尔：请不要取笑我，我是一个非常愚蠢的傻老头子，年纪活了八十多岁了；不瞒您说，我怕我的头脑有点不正常。我想我应该认识您，也该认识这个人；可是我不敢肯定，因为我完全不知道这是什么地方，而且凭着我所有的能力，我也记不起来什么时候穿上这身衣服；我也不知道昨天晚上我在什么所在过夜。不要笑我，我想这位夫人是我的孩子科迪利娅。

科迪利娅：正是，正是。

李尔：你的眼泪是湿的吗？当真。我求你，不要哭；要是你有毒药给我，我愿意喝下去。我知道你不爱我，因为我记得你的两个姐姐都亏待我；你还有几分理由，她们却没有。

科迪利娅：没有理由，没有理由。

李尔：我是在法国吗？

肯特：在您自己的王国里，陛下。

李尔：不要骗我。

医生：请宽心一点，娘娘，您看他的疯狂已经煞住了，可是要他回忆他迷失的这段时间的事，却是危险的。请他进去吧，不要再打扰他，等他进一步安定下来。

科迪利娅：陛下愿意走到里边去吗？

李尔：你得包涵我。请你忘记和原谅吧，我老了，糊涂了。（李尔、科迪利娅、医生及侍从等同下）

侍臣：先生，康华尔公爵被刺杀的消息是真的吗？

肯特：完全正确。

侍臣：他的人现在归什么人带领？

肯特：据说是葛罗斯特的庶子。

侍臣：他们说他那放逐在外的儿子埃德加现在和肯特伯爵都在德国。

肯特：消息变化不定。现在是应该打量形势的时候了；英国军队在很快逼近。

侍臣：一场血战是免不了的。再会，先生。（下）

肯特：我的目的和结果能不能完全实现，是福是祸，要看这场战事方才分晓。（下）

第 五 幕

第一场　多佛附近英军营地

【旗鼓前导，埃德蒙、里甘、军官、兵士及其他人上。

埃德蒙：（向一军官）你去问一声公爵，他是不是仍旧保持着原来的决心，还是因为出于其他考虑，已经改变了方针。他这个人毫无定见，动不动引咎自责；我要知道他究竟抱着怎样的主张。

（军官下）

里甘：大姐差来的人一定在路上出事了。

埃德蒙：那可说不定，夫人。

里甘：好爵爷，你知道我对你的一片好心；现在请你告诉我，老老实实地告诉我，你不爱我的大姐？

埃德蒙：我只是敬爱她。

里甘：可是你从来没有深入我姐夫的禁地吗？

埃德蒙：这样的想法是错的。

里甘：我怕你们已经打成一片，你成了她心坎里的人哩。

埃德蒙：凭着我的名誉起誓，夫人，没有这样的事。

里甘：我决不容她，我的亲爱的爵爷，不要跟她亲热。

埃德蒙：您放心吧。——她跟她的公爵丈夫来啦！

【旗鼓前导，奥本尼、戈纳瑞及兵士等上。

戈纳瑞：（旁白）我宁愿这一次战争失败，也不让二妹切断他和我的关系。

奥本尼：贤妹你好。伯爵，我听说王上带了一批受不了我们的苛政而高呼不平的人，到他小女儿那儿去了。凡我不能诚实对待的事，我是从来提不起勇气的；至于现在这件事，并不是法王鼓动我们的王上和他手下的一群人，以堂堂正正理由向我们兴师问罪，而是法国进犯我们的领土，这是我们所不能容忍的。

埃德蒙：您说得好极了。

里甘：这有什么可讨论的呢？

戈纳瑞：我们只须联合退敌，这些内部的纠纷不是现在所要讨论的问题。

奥本尼：那么让我们跟那些老战士们讨论决定我们的战略吧。

埃德蒙：我马上就到您的营帐里来。

里甘：大姐，您也同我们一块儿去吗？

戈纳瑞：不。

里甘：这是很合适的，请你同去吧。

戈纳瑞：（旁白）哼！我明白你的意思。（高声）好，我就去。

【埃德加乔装上。

埃德加：殿下要是不嫌我微贱，请听我说一句话。

奥本尼：你们先请一步，我就来。——说。（埃德蒙、里甘、戈纳瑞、军官、兵士及侍从等同下）

埃德加：在您作战以前，先把这封信拆开来看一看。要是您得到胜利，可以吹号角为号，叫我出来；虽然我看起来卑贱，我可以请出一个勇士来，证明这信上所写的事。要是您失败了，那么您在这世上的事已经完毕，一切阴谋也都无能为力了。愿命运眷顾您！

奥本尼：等我读了信你再走。

埃德加：我不能。时候一到，您只要叫传令官传唤一声，我就会出来的。

奥本尼：那么再见，你的信我会看的。（埃德加下）

【埃德蒙重上。

埃德蒙：敌人已经望得见了，快把您的军队集合起来。这里记载着多方侦察所得的敌方军力估计，可是现在您必须快点儿了。

奥本尼：好，我们准备迎敌就是了。（下）

埃德蒙：我对这两个姊妹都已发下爱情的盟誓；她们彼此忌妒，就像被蛇咬过的人见不得蛇一样。我应该选择哪一个呢？两个都要？只要一个？还是一个也不要？要是两个全活着，我就一个也享受不到。娶了寡妇，一定会激怒她的姐姐戈纳瑞；而且她的丈夫一天不死,我就难以实现我这方面的计划。现在我们还要借他做号召军心的幌子;等到战事结束以后,她要是想除去他,让她自己设法结果他的性命吧。照他的意思,李尔和科迪利娅被我们捉到后是不能加害的;可是假如他们落在我们手里,我们可决不让他们得到他的赦免;因为我保全自己的地位要紧,不能再容什么辩论。(下)

第二场　两军营地之间的原野

【内号角声。旗鼓前导,李尔和科迪利娅率军队上;同下。埃德加和葛罗斯特上。

埃德加:来,老人家,在这树阴底下坐坐吧,但愿正义得到胜利!要是我还能够回来见你,我会给你带来帮助。

葛罗斯特:上帝祝福您,先生!(埃德加下)

【号角声;有顷,内吹撤退号。埃德加重上。

埃德加:走吧,老人家!把你的手给我,走吧!李尔王已经失败,他和他的女儿都被捉去了。把你的手给我,来。

葛罗斯特:不再走了,先生,让我就在这儿等死吧。

埃德加：怎么！你又转起那种坏念头来了吗？人必须忍受他们的离开世界，正像忍受来到这里一样。最重要的是准备停当。来吧。

葛罗斯特：那也说得有理。（同下）

第三场　多佛附近英军营地

【旗鼓前导奏凯，埃德蒙上；李尔和科迪利娅被俘随上；军官、兵士等同上。

埃德蒙：来人，把他们押下去好生看守，等上面发落下来，再作道理。

科迪利娅：存心善良反而得到恶报，这样的先例是很多的。我只是为了你，被迫害的国王，才落得如此下场；否则尽管欺人的命运向我横眉怒目，我也能顶过去。我们要不要去见见这两个女儿和这两个姐姐？

李尔：不，不，不，不！来，让我们到监牢里去。我们两人将要像笼中之鸟一般唱唱歌儿。当你求我为你祝福的时候，我要跪下来，求你饶恕；我们将要这样生活、祷告、唱歌、说些古老的故事，嘲笑那些金翅的蝴蝶，听那些可怜的囚徒们谈论宫廷里的消息；我们也要和他们一起谈话，谁失败，谁胜利，谁在朝，谁在野，用我们的意见解释各种事情的秘密，就像我们是上帝的耳目一样；在囚牢的四壁之内，我们将要看那些大人物的派系随着月亮的圆缺而升降，活得比他们都要长。

埃德蒙：把他们带下去。

李尔：对于这样的祭物，我的科迪利娅，天神也要撒香接纳的。我果然把你捉住了吗？谁要是想分开我们，必须从天上取下一把火炬来像烟熏狐狸一样把我们赶出去。揩干你的眼睛；瘟疫会吞食他们的全身，连皮带肉，他们也不能使我们流泪，我们要眼看他们先活活饿死。来。（兵士押李尔、科迪利娅下）

埃德蒙：过来，队长。听着，把这一通密令拿去，（以一纸授军官）跟着他们到监牢里去。我已经把你升了一级，要是你照这里的命令执行，一定有大大的好处。你要知道，识时务的才是好汉，心肠太软的人不配佩带刀剑。我吩咐你去干这件重要的差使，你可不必多问，要么说你愿意做，要么你另找门路。

军官：我愿意做，大人。

埃德蒙：那么去做吧。你立了这一功，就是一个幸运的人。听着，必须照我所写的办法立刻办好。

军官：我不会拖车子，也不会吃干麦；只要是男子汉干的事，我就会干。（下）

【喇叭奏花腔。奥本尼、戈纳瑞、里甘、军官及侍从等上。

125

奥本尼：伯爵，你今天果然表明了你的勇敢；命运眷顾着你，你已擒拿了跟我们敌对的人。请你把他们交给我们，让我们一方面按照他们的身份，一方面顾到我们自身的安全，决定一个适当的处置。

埃德蒙：殿下，我已经把那可悲的老王拘禁起来，派人监视；他的高龄和尊号都有一种魔力，可以吸引平民的人心归附于他，而且煽动我们强拉来的士兵反对我们。那王后我为了同样的理由，也把她一起下了监；他们明天或者迟一些就可以受你们的审判。现在弟兄们刚刚流过血汗，丧折了不少的朋友；正尖锐体会到战争残酷的人们，无论引起这场争端的理由怎样正大，他们都会加以咒诅；所以审问科迪利娅和她的父亲这件事，必须在一个更适当的地方举行。

奥本尼：伯爵，说一句不怕你见怪的话，你不过是一个随征的将领，我并没有把你当作兄弟。

里甘：那要看我怎样恩宠他了；我想你把话说到这份上以前，似乎应该先问问我的意见。他带领我们的军队，受到我的全权委任，凭着这一层亲密的关系，也够资格和你称兄道弟了。

戈纳瑞：别太热了，他的地位是靠自己的才能造成的，并不靠你给他的封号。

里甘：我有权，凭着我的授予，他可以和最尊贵的人匹敌。

戈纳瑞：要是他做了你的丈夫，那最好办了。

里甘：讲笑话的人往往成预言家。

戈纳瑞：呵呵！告诉你这话的人正在挤眉弄眼。

里甘：太太，我现在身子不大舒服，懒得跟你斗口了。将军，请你接受我的军队、俘虏和财产；这一切连我自己都由你支配。我是你的献城降服的臣仆，让全世界为我证明，我在这里把你立为我的丈夫和君主。

戈纳瑞：你想要享受他吗？

奥本尼：那不是你所能阻止的。

埃德蒙：也不是你所能阻止的，殿下。

奥本尼：杂种儿，我可以阻止你们。

里甘：（向埃德蒙）叫鼓手打起鼓来，证明我已经把尊位给了你。

奥本尼：等一等，听听缘由。埃德蒙，你犯有叛逆重罪，我逮捕你；同时我还要逮捕这一条金鳞的毒蛇。（指戈纳瑞）至于贤妹，你的宣布，为了我的妻子的利益我加以制止。她已经跟这位勋爵有约在先，所以我、她的丈夫，对你们的婚姻表示异议。要是您想结婚的话，向我求爱吧，我的妻子已经另有所属了。

戈纳瑞：怎么又节外生枝起来！

奥本尼：葛罗斯特，你现在甲胄在身，让号角吹起来，要是没有人出来证明你所犯的许多凶残和昭彰的叛逆罪，这里是我的信物（掷下手套）；在我吃下一顿饭以前，我要在你的心脏上证明我所指控你的一切。

127

里甘：哎哟！我病了！我病了！

戈纳瑞：（旁白）要是你不病，我也从此不相信药物了。

埃德蒙：这儿是我的回报（掷下手套）；谁骂我是叛徒的，他就是个说谎的恶人。叫你的号角吹起来吧，谁有胆量出来，我要坚决向他，向你，向每一个人证明我的诚实和荣誉。

奥本尼：来，传令官！

埃德蒙：传令官！传令官！

奥本尼：依赖你个人的勇气吧，因为你的士兵都是用我的名义征集的，我已经用我的名义把他们遣散了。

里甘：我越来越难过啦！

奥本尼：她身体不舒服，把她扶到我的营帐里去。（侍从扶里甘下）过来，传令官。

【传令官上。

奥本尼：叫喇叭吹起来。宣读这一道命令。

军官：吹喇叭！（号角吹响）

传令官：（宣读）"在本军将校官佐之中，若有人愿意证明名分未定的葛罗斯特伯爵埃德蒙是一个罪恶多端的叛徒，让他在第三次号角声时出来。埃德蒙要坚决地自卫。"

埃德蒙：吹！（号角初响）

传令官：再吹！（号角再响）再吹！（号角三响，内号角声相应）

【号手前导，埃德加武装上。

第五幕 第三场 多佛附近英军营地

奥本尼：问明他的来意，为什么他听了号角的呼召来到这里。

传令官：你是什么人？你叫什么名字？在军中是什么官级？为什么你要应召而来？

埃德加：我的名字已经被阴谋的毒齿咬啮蛀蚀了，可是我的出身和我现在所来对仗的敌手同样高贵。

奥本尼：谁是你的敌手？

埃德加：自称是葛罗斯特伯爵埃德蒙的是什么人？

埃德蒙：我在此，你对他有什么话说？

埃德加：拔出你的剑来，要是我的话得罪了一颗高尚的心，你的手臂可以为你辩护；这里是我的剑。听着，虽然你有的是力量、青春、地位和尊荣，虽然你挥着胜利的宝剑，夺到了崭新的幸运，可是凭着我的荣誉、我的誓言和我的骑士身份所给我的特权，我宣布你是一个叛徒，不忠于你的神明、你的兄长和你的父亲，阴谋倾覆这一位崇高卓越的君王，从你的头顶直到你脚下的尘土，是一个满身污点的逆贼。要是你说一声"不"，这一柄剑，这只手臂和我的全身的勇气，都要在你的心脏上证明你在说谎。

埃德蒙：照理我应该问你的名字，可是你的外表既然这样英武，你的出言表明你有一定教养，虽然按照骑士的规则，我可以安全而合法地推迟应战，我却拒绝这样做；我把你所说的种种罪名掷回你的头上，让那像地狱一般可憎的谎话吞没你的心；这些罪名一滑而过，伤害不了什么，而我的这柄剑却会将它们直刺

129

入你的心头，让它们永远呆在那里。吹起来，喇叭！（号角声。二人决斗。埃德蒙倒地）

奥本尼： 留他活命，留他活命！

戈纳瑞： 这是诡计，葛罗斯特，按照决斗的法律，你尽可以不接受一个不知名的对手的挑战；你不是被人打败，你是中了人家的计了。

奥本尼： 闭住你的嘴，妇人，否则我要用这一张纸塞住它了。等一下，骑士。你这比一切恶名更恶的恶人，读读你自己的罪恶吧。不要撕，太太，我看你是认识这封信的。（以信授埃德蒙）

戈纳瑞： 即使我干了这样的事，法律是我的，不是你的；谁能够控诉我？（下）

奥本尼： 岂有此理！你知道这封信吗？

埃德蒙： 我知道的事不要问我。

奥本尼： 追上她去，她现在情急了，管住她。（一军官下）

埃德蒙： 你所指责我的事情，我全都做了；而且我所干的事更多，多得多；总有一天会全部暴露的。现在这些事已成过去，我也要过去了。——可是你是什么人，会有此运气打赢我？假如你是一个贵族，我愿意对你不记仇恨。

埃德加： 让我们互相宽恕吧。在血统上我并不比你低微，埃德蒙，要是我的出身比你更高贵，你尤其不该那样陷害我。我的名字是埃德加，你的父亲的儿子。天神是公正的，他们利用我们的风流罪过惩罚我们；他在黑暗邪恶的地方种下了你的生命，结果使他丧失了他的眼睛。

埃德蒙：你说得对，这是真的。命运的车轮已经转满一圈，我落到了这个地方。

奥本尼：我一看见你的仪态步法，就觉得你是一个尊贵的人。我必须拥抱你。让悔恨碎裂我的心，要是我曾经憎恨过你或你的父亲。

埃德加：殿下，我一向知道您的仁慈。

奥本尼：你把自己藏匿在什么地方？你怎么知道你父亲的灾难？

埃德加：殿下，我知道他的灾难，因为我就在他的身边照料他。听我讲一段简短的故事，当我说完以后，啊，但愿我的心爆裂了吧！为了逃避那紧追着我的残酷的通缉令——我们大家都贪恋生活的甜蜜，宁愿每小时忍受死亡之痛，也不愿一下子死去——我为了逃避，披上了一身疯人的褴褛衣服，改扮成一副连狗都瞧不起的装束。在这样的乔装之下，我碰见了父亲，他的两个眼眶流血，那宝贵的眼珠还刚失去；我替他做向导，领着他，为他乞讨，把他从绝望之中拯救出来。啊！我不该一直向他瞒住自己的真相！直到约莫半小时以前，我已经披上甲胄，对成功虽有希望但无把握，我才请他为我祝福，把我的全部历程从头到尾告诉他知道；可是，唉！他的破碎的心太脆弱了，承受不了喜悦和悲伤这两种极端激情的冲突，他含着笑死了。

埃德蒙：你这番话很使我感动，而且可能有好处；可是说下去吧，看上去你还有一些更多的话要说。

奥本尼：要是还有比这更伤心的事，请不要说下去了吧；因为我听了这样的话，几乎要溶化成泪水了。

埃德加：对于不喜欢悲哀的人，这似乎已经是一个终点，可是还有一件悲哀的事，如果详加描述，会超出这个极限。当我正在放声大哭的时候，来了一个人，他认识我就是他所见过的那个疯丐，不敢接近我，可是后来他发现我究竟是什么人，能这样忍耐活下来，他就用强壮的双臂抱住我的头颈，大放悲声，好像要把天空都震碎一般。他倒身在我父亲的尸体上，讲出了关于李尔和他两个人的一段最凄惨的故事；他越讲越伤心，他的生命之弦都开始颤断了；那时候喇叭的声音已经响过两次，我只好抛下他一个人在昏迷之中。

奥本尼：可是这是什么人？

埃德加：肯特，殿下，被放逐的肯特。他一路上乔装改貌，跟随那把他视同仇敌的国王，替他躬操奴隶不如的贱役。

【一侍臣持一流血之刀上。

侍臣：救命！救命！救命啊！

埃德加：救什么命！

奥本尼：说呀，什么事？

埃德加：那把血淋淋的刀是什么意思？

侍臣: 它还热腾腾地冒着气呢。它是从她的心窝里拔出来的——啊！她死了！

奥本尼: 谁死了？说呀。

侍臣: 您的夫人，殿下，您的夫人。她的妹妹也被她毒死了，她自己承认的。

埃德蒙: 我跟她们两人都有婚姻之约，现在我们三个人可以在一块儿做夫妻啦。

埃德加: 肯特来了。

奥本尼: 把她们抬出来，不管有没有死。上天的这一个判决使我们颤栗，却不能引起我们的怜悯。（侍臣下）

【肯特上。

奥本尼: 啊！这就是他吗？当前的变故使我不能按礼貌的要求对他施礼。

肯特: 我来向我的王上道一声永久的晚安，他不在这里吗？

奥本尼: 我们把一件重要的事情忘了！埃德蒙，王上呢？科迪利娅呢？肯特，你看见这情景吗？

【众抬戈纳瑞、里甘二人尸体上。

肯特: 哎哟！怎么会这样的？

埃德蒙: 埃德蒙还是有人爱的：这一个为了我的缘故毒死了那一个，跟着她也自杀了。

奥本尼: 正是这样。把她们的脸遮起来。

133

埃德蒙：我快要断气了，倒还想做一件违反我的本性的好事。赶快差人到城堡里去，因为我已经下令把李尔和科迪利娅处死。不要多说废话，迟一点就来不及啦。

奥本尼：跑！跑！跑呀！

埃德加：叫谁跑呀，殿下？——谁奉命干这件事的？送去你的一件什么东西，作为赦免的凭证。

埃德蒙：想得不错，把我的剑拿去给那队长。

奥本尼：快去，快去。（埃德加下）

埃德蒙：他从你的妻子和我两人的手里得到密令，把科迪利娅在狱中缢死，对外面说是她自己在绝望中自杀的。

奥本尼：神明保佑她！把他暂时抬出去。（众抬埃德蒙下）

【李尔抱科迪利娅尸体，埃德加、军官及其他人同上。

李尔：哀号吧，哀号吧，哀号吧，哀号吧！啊！你们都是些石头一样的人；要是我有你们的舌头和眼睛，我要用哭号和眼泪使天穹崩裂。她是一去不回的了。一个人死了还是活着，我是知道的；她已经像泥土一样死了。借一面镜子给我，要是她的气息还能够在镜面上呵起一层薄雾，那么她还没有死。

肯特：这就是上帝预言的世界末日吗？

埃德加：还是末日恐怖的预象？

奥本尼：天塌下来，一切都归于毁灭！

李尔：这根羽毛在动，她没有死！要是她还有活命，那么我感受过的一切悲哀还有机会得到补救。

肯特：（跪）啊，我的好主人。

李尔：请你走开！

埃德加：这是尊贵的肯特，您的朋友。

李尔：一场瘟疫降在你们身上，全是些凶手，奸贼！我本来可以把她救活的；现在她永远走了！科迪利娅，科迪利娅！等一等。嘿！你说什么？她的声音总是那么柔软温和，女儿家是应该这样的。我亲手杀死了那把你缢死的奴才。

军官：殿下，他真的把他杀死了。

李尔：我不是把他杀死了吗，汉子？从前我一举起我的宝刀，就可以叫他们吓得抱头鼠窜；现在年纪老啦，这些苦难消磨了我的精力。你是谁？老实告诉你吧，我的眼睛可不大好。

肯特：要是命运女神向人夸口，说有两个被她爱过和恨过的人，那么其中一个就在我们眼前。

李尔：我的眼睛太模糊啦。你不是肯特吗？

肯特：正是，您的仆人肯特。您的仆人卡厄斯呢？

李尔：他是一个好人，我可以告诉你；他发起性子来就打人，而且很快。他现在已经死了，烂了。

肯特：不，陛下，我就是那个人——

李尔：一会儿我再来弄清。

肯特：自从您开始遭遇变故以来，我一直跟随着您的不幸的足迹。

135

李尔：欢迎你到这里来。

肯特：其余一个都没有。一切都是凄惨的，黑暗的，毁灭性的。您的两个大女儿已经毁灭了自己，在绝望中死了。

李尔：嗯，我想是这样的。

奥本尼：他不知道自己在说什么，我们谒见他也是徒然的。

埃德加：全然是徒劳。

【一军官上。

军官：禀殿下，埃德蒙死了。

奥本尼：那在这里不过是小事一件。各位爵爷和尊贵的朋友，听我向你们说说我的打算：对于这一位老病衰弱的君王，我将要尽力给予可能的安慰；当他在世的时候，我将把最高的权力归还给他。（向埃德加、肯特）你们两位恢复你们应有的权利，我还要加赉你们额外的尊荣，褒扬你们过人的节行。一切朋友都要得到他们德行的报酬，一切仇敌都要尝到他们罪恶的苦杯。——啊！瞧，瞧！

李尔：我的可怜的弄人给缢死了！不，不，没有命了！为什么一条狗、一匹马、一只耗子，都有它们的生命，你却没有一丝呼吸？你是永不回来的了，永不，永不，永不，永不，永不！请你替我解开这个钮扣，谢谢你，先生。你看见吗？瞧着她，瞧，她的嘴唇，瞧那边，瞧那边！（死）

埃德加：他晕过去了！——陛下，陛下！

第五幕　第三场　多佛附近英军营地

肯特：碎吧，心啊！碎吧！

埃德加：抬起头来，陛下。

肯特：不要烦扰他的灵魂。啊！让他安然死去吧，他恨那想要使他在这无情尘世的刑架上多抻拉一时的人。

埃德加：他真的去了。

肯特：他居然忍受了这么久的时候，真是一件奇事。他这阵只是勉强地活着。

奥本尼：把他们抬出去。我们现在要传令全国举哀。（向肯特、埃德加）——

　　　　　　　　两位朋友，帮我主持大政，

　　　　　　　　　培养这已经受伤的国本。

肯特：　　　　　不日间我就要登程上道。

　　　　　　　　我已经听见主上的呼召。

埃德加：　　　这惨痛时刻的重担我们不能不背；

　　　　　　　感到的就说出来，而不是堂皇应对。

　　　　　　　最老的人忍受得最多，我们后生者

　　　　　　　流将看不到这么多，也活不到这样长久。

　　　　　　　　（同下；奏丧礼进行曲）

奥赛罗

剧中人物

威尼斯公爵

勃拉班修： 元老，苔丝狄蒙娜之父

葛莱西安诺： 勃拉班修之弟

罗多维科： 勃拉班修的亲戚

奥赛罗： 摩尔人，供职威尼斯军界

凯西奥： 奥赛罗的副将，光明正大的军人

伊阿古： 奥赛罗的旗官，恶棍

罗德利哥： 被愚弄的绅士

蒙太诺： 塞浦路斯总督，奥赛罗的前任

小丑： 奥赛罗的仆人

苔丝狄蒙娜： 勃拉班修之女，奥赛罗之妻

爱米利娅： 伊阿古之妻

比恩卡： 妓女

塞浦路斯诸绅士、水手、军官、传令官、使者、侍从等

地点

威尼斯及塞浦路斯—海港

第一幕

第一场　威尼斯。街道

【罗德利哥及伊阿古上。

罗德利哥：嘿！别对我说，伊阿古。我把我的钱袋交给你支配，让你随意花用，你却做了他们的同谋，这太不够朋友啦。

伊阿古：他妈的！你总不肯听我说下去。要是我会做梦想到这种事情，你不要把我当作人。

罗德利哥：你告诉我你对他一向怀恨的。

伊阿古：要是我不恨他，你从此别理我。这城里的三个当道要人亲自向他打招呼，举荐我做他的副将；凭良心说，我知道我自己的价值，难道我就做不得一个副将？可是他眼睛里只有自己没有别人，对于他们的请求，都用一套充满了军事上口头禅的空话回绝了；因为，他说，"我已经选定我的将佐了。"他选中的是个什么人呢？哼，一个算学大家，一个叫作迈克尔·凯西奥的佛罗伦萨人，一个几乎因为娶了娇妻而误了终身的家伙；

他从来不曾在战场上领过一队兵，对于布阵作战的知识，简直不比一个老守空闺的女人知道得更多；即使懂得一些书本上的理论，那些身穿宽袍的元老大人们讲起来也会比他更头头是道。只有空谈，毫无实际，这就是他的全部的军人资格。可是，老兄，他居然得到了任命；我在罗得斯岛、塞浦路斯岛以及其他基督徒和异教徒的国土上立过多少军功，都是他亲眼看见的，现在却必须低首下心，受一个市侩的指挥。这位掌柜居然做起他的副将来，而我呢——上帝恕我这样说——却只在这位黑将军的麾下充一名旗官。

罗德利哥：天哪，我多想做他的刽子手啊！

伊阿古：这也是没有办法呀。说来也叫人恼恨，军队里的升迁可以全然不管古来的定法，按照各人的阶级依次递补，只要谁的路子活，能够得到上官的欢心，就可以越级擢升。现在，老兄，请你替我评一评，我为什么得要跟这摩尔人好。

罗德利哥：假如是我，我就不愿跟随他。

伊阿古：啊，老兄，你放心吧；我所以跟随他，不过是要利用他达到我自己的目的。我们不能每个人都是主人，每个主人也不是都有忠心的仆人。有一辈天生的奴才，他们卑躬屈膝，拼命讨主人的好，甘心受主人的鞭策，像一头驴子似的，为了一些粮草而出卖他们的一生，等到年纪老了，主人就把他们撵走；这种老实的奴才是应该抽一顿鞭子的。还有一种人，他们表面上尽管装出一副鞠躬如也的样子,骨子里却是为他们自己打算;看上去好像替主人做事,实际却靠着主人发展自己的势力,一旦捞够油水,才知道这种人其实是唯我独尊。这种人还有几分头脑,我自认为自己也属于这一类。因为,老兄,正像你是罗德利哥,不是别人一样,我要是做了那摩尔人,我就不会是伊阿古。虽说跟随他,其实还是跟随自己。上天是我的公正人,我这样对他陪着小心,既不是为了感情,又不是为了义务,只是为了自己的利益,才戴上这一副假脸。要是我的表面的行动,果然出于内心的自然流露,那么不久我就要掬出我的心来,让乌鸦们乱啄了。世人所知道的我,并不是实在的我。

罗德利哥:要是那厚嘴唇的家伙也有这么一手,那可真让他交上大运了!

伊阿古:叫起她的父亲来;不要放过他,打断他的兴致,在各处街道上宣布他的罪恶;激怒她的亲族;让他虽然住在气候宜人的地方,也免不了受蚊蝇的滋扰,虽然享用着盛大的欢乐,也免不了受烦恼的缠绕。

罗德利哥:这儿就是她父亲的家,我要高声叫喊。

伊阿古:很好,你嚷起来吧,就像在一座人口众多的城里,因为晚间失慎而起火烧起来的时候,人们用那种惊骇惶恐的声音呼喊一样。

罗德利哥:喂,喂,勃拉班修!勃拉班修先生,喂!

伊阿古：醒来！喂，喂！勃拉班修！捉贼！捉贼！捉贼！留心你的屋子，你的女儿，和你的钱袋！捉贼！捉贼！

【勃拉班修自上方窗口上。

勃拉班修：大惊小怪的，叫些什么呀？出了什么事？

罗德利哥：先生，您家里的人没有缺少吗？

伊阿古：您的门都锁上了吗？

勃拉班修：咦，你们为什么这样问我？

伊阿古：哼！先生，有人偷了您东西啦，还不赶快披上您的袍子！您的心碎了，您的灵魂已经丢掉半个；就在这时候，就在这一刻，一头老黑羊在跟您的白母羊交尾哩。起来，起来！打钟惊醒那些鼾睡的市民，否则魔鬼要让您抱孙子啦。喂，起来！

勃拉班修：什么！你发疯了吗？

罗德利哥：老先生，您认识我的声音吗？

勃拉班修：我不认识，你是谁？

罗德利哥：我的名字是罗德利哥。

勃拉班修：讨厌！我叫你不要在我的门前走动。我已经老老实实明明白白对你说，我的女儿是不能嫁给你的。现在你吃饱了饭，喝醉了酒，疯疯癫癫，不怀好意，又要来扰乱我的安静了。

罗德利哥：先生，先生，先生！

勃拉班修：可是你必须明白，我不是一个好说话的人，要是你惹我性起，凭着我的地位，只要略微拿出一点力量来，你就要叫苦不迭了。

罗德利哥：好先生，不要生气。

勃拉班修：说什么有贼没有贼？这儿是威尼斯，我的屋子不是一座独家的田庄。

罗德利哥：最尊严的勃拉班修，我是一片诚心来通知您。

伊阿古：嘿，先生，您也是那种因为魔鬼叫他敬奉上帝而把上帝丢在一旁的人。您把我们当作了坏人，所以把我们的好心看成了恶意，宁愿让您的女儿给一头黑马骑了，替您生下一些马子马孙，攀一些马亲马眷。

勃拉班修：你是个什么浑账东西，敢这样胡说八道？

伊阿古：先生，我是一个特意来告诉您一个消息的人，令爱正在跟那摩尔人干那件禽兽一样的勾当哩。

勃拉班修：你是个浑蛋！

伊阿古：您是一位——元老呢。

勃拉班修：你留点儿神吧，罗德利哥，我认识你。

罗德利哥：先生，我愿意负一切责任，可是请您允许我说一句话。要是令爱因为得到您的明智的同意，所以才会在这样更深人静的午夜，让一个公爵的奴才、一个下贱的船夫，把她载到一个贪淫的摩尔人的粗野的怀抱里——要是您对于这件事情不但知道，而且默许——照我看来，您至少已经给她一部分的同意——那么我们的确太放肆太冒昧了；可是假如您果然不知道这件事，那么从礼貌上说起来,您也不应该对我们恶语相向。难道我会这样一点不懂规矩,敢来戏侮像您这样一位年尊的长者吗?我再说一句,要是令爱没有得到您的许可,就把她的责任、美貌、智慧和财产,全部委弃在一个到处为家、漂泊流浪的异邦人的身上,那么她的确已经干下了一件重大的逆行了。您可以立刻去调查一个明白,要是她好好儿在她的房间里或是在您的屋子里,那么是我欺骗了您,您可以按照国法惩办我。

勃拉班修: 喂,点起火来!给我一支蜡烛!把我的仆人全都叫起来!这件事情很像我的恶梦,它的极大的可能性已经重压在我的心头了。喂,拿火来!拿火来!(自上方下)

伊阿古: 再会,我要少陪了,要是我不去,我就不得不与这摩尔人当面对质,那不但不大相宜,而且在我的地位上也很多不便;因为我知道无论他将要因此受到什么谴责,政府方面不可能不冒任何风险就把他解职,他就要出发指挥那正在进行中的塞浦路斯战事了,他是再合适不过的人选,因为没有第二个人有像他那样的才能可以担当这一个重任。所以虽然我恨他像恨地狱里的刑罚一样,可是为了事实上的必要,我不得不和他假意周旋,那也不过是表面上的敷衍而已。你等他们出来找人的时候,只要领他们到马人旅社去,一定可以找到他;我会在那边跟他在一起。再见。(下)

【勃拉班修率众仆持火炬上。

勃拉班修：真有这样的祸事！她去了；只有悲哀怨恨伴着我这衰朽的余年！罗德利哥，你在什么地方看见她的？——啊，不幸的孩子！——你说跟那摩尔人在一起吗？——谁还愿意做一个父亲！——你怎么知道是她？——唉，想不到她会这样欺骗我！——她对你怎么说？——再拿些蜡烛来！唤醒我的所有的亲族！——你想他们有没有结婚？

罗德利哥：说老实话，我想他们已经结了婚啦。

勃拉班修：天哪！她怎么出去的？啊，血肉的叛逆！做父亲的人啊，从此以后，你们千万留心你们女儿的行动，不要信任她们的心思。世上有没有一种引诱青年少女失去贞操的魔术？罗德利哥，你有没有在书上读到过这一类的事情？

罗德利哥：是的，先生，我的确读到过。

勃拉班修：叫起我的兄弟来！唉，我后悔不让你娶了她去！你们快去给我分头找寻！你知道我们可以在什么地方把她跟那摩尔人一起捉到？

罗德利哥：我想我可以找到他的踪迹，要是您愿意多派几个得力的人手跟着我前去。

勃拉班修：请你带路。我要到每一家人家去搜寻；大部分的人家都在我的势力之下。喂，多带一些武器！叫起几个巡夜的警吏！去，好罗德利哥，我一定重谢你的辛苦。（同下）

第二场　另一街道

【奥赛罗、伊阿古及侍从等持火炬上。

伊阿古：虽然我在战场上杀过不少的人,可是总觉得有意杀人是违反良心的;缺少作恶的本能,往往使我不能做我所要做的事。好多次我想要把我的剑从他的肋骨下面刺进去。

奥赛罗：还是随他说去吧。

伊阿古：可是他唠哩唠叨地说了许多破坏您的名誉的难听话,虽然像我这样一个荒唐的家伙,也实在忍不住我的怒气。可是请问主帅,你们有没有完成婚礼?您要注意,这位元老是很得人心的,他的潜势力比公爵还要大上一倍;他会拆散你们的姻缘,尽量运用法律的力量来给您种种压制和迫害。

奥赛罗：随他怎样发泄他的愤恨吧;我对贵族们所立的功劳,就可以驳倒他的控诉。世人还没有知道——要是夸口是一件荣耀的事,我就要到处宣布——我是高贵的祖先的后裔,我有充分的资格,享受我目前所得到的值得骄傲的幸运。告诉你吧,伊阿古,倘不是我真心爱恋温柔的苔丝狄蒙娜,即使给我大海中所有的珍宝,我也不愿意放弃我的无拘无束的自由生活,来俯就家室的羁缚的。可是瞧！那边举着火把而来的是些什么人？

【凯西奥及若干吏役持火炬上。

伊阿古：她的父亲带着他的亲友来找您了，您还是进去躲一躲吧。

奥赛罗：不，我要让他们看见我，我的地位和我的清白的人格可以替我表明一切。是不是他们？

伊阿古：两面神在上，我想不是。

奥赛罗：原来是公爵手下的人，还有我的副将。晚安，各位朋友！有什么消息？

凯西奥：主帅，公爵向您致意，请您立刻就过去。

奥赛罗：你知道是为了什么事？

凯西奥：照我猜想起来，大概是塞浦路斯方面的事情，看样子很是紧急。就在这一个晚上，战船上已经连续派了十二个使者赶来告急；许多元老都从睡梦中叫了起来，在公爵府里集合了。他们正在到处找您，因为您不在家里，所以元老院派了三队人出来分头寻访。

奥赛罗：幸而你找到了我。让我到这儿屋子里去说一句话，就来跟你同去。（下）

凯西奥：旗官，他到这儿来有什么事？

伊阿古：不瞒你说，他今天夜里登上了一艘陆地上的大船，要是能够证明那是一件合法的战利品，他可以从此成家立业了。

凯西奥：我不懂你的话。

伊阿古：他结了婚啦。

凯西奥：跟谁结婚？

　　　　【奥赛罗重上。

伊阿古：呃，跟——来，主帅，我们去吧。

奥赛罗：好，我跟你走。

凯西奥：又有一队人来找您了。

伊阿古：那是勃拉班修。主帅，请您留心点儿，他来是不怀好意的。

　　　　【勃拉班修、罗德利哥及吏役等持火炬武器上。

奥赛罗：喂！站住！

罗德利哥：先生，这就是那摩尔人。

勃拉班修：杀死他，这贼！（两方拔剑）

伊阿古：你，罗德利哥！来，我们来比个高下。

奥赛罗：收起你们明晃晃的剑，它们沾了露水会生锈的。老先生，像您这么年高德劭的人，有什么话不可以命令我们，何必动起武来呢？

勃拉班修：啊，你这恶贼！你把我的女儿藏到什么地方去了？你不想想你自己是个什么东西，胆敢用妖法蛊惑她。我们只要凭着情理判断，像她这样一个年青貌美娇生惯养的姑娘，多少我们国里有财有势的俊秀子弟她都看不上眼，倘不是中了魔，怎么会不怕人家的笑话，背着尊亲投奔到你这个丑恶的黑鬼的怀里？——吓都吓死她了，还有何乐趣！世人可以替我评一评，是不是显而易见你用邪恶的符咒欺诱她的娇弱的心灵，用药饵丹方迷惑她的知觉；我要叫他们评论评论，这种事情是不是很可能的。所以我现在逮捕你：妨害风化，行使邪术，便是你的罪名。抓住他；要是他敢反抗，你们就用武力制服他。

奥赛罗：帮助我的，反对我的，大家放下你们的手！我要是想打架，我自己会知道应该在什么时候动手。您要我到什么地方去答复您的控诉？

勃拉班修：到监牢里去，等法庭上传唤你的时候你再开口。

奥赛罗：要是我听从您的话去了，那么怎样答复公爵呢？他的使者就在我的身边，因为有紧急的公事，等候着带我去见他。

吏役：真的，大人，公爵正在举行会议，我相信他已经派人请您去了。

勃拉班修：怎么！公爵在举行会议！在这样夜深的时候！把他带去。我的事情也不是一件等闲小事。公爵和我的同僚们听见了这个消息，一定会感到这种侮辱简直就像加在他们自己身上一般。要是这样的行为可以置之不问，奴隶和异教徒都要来主持我们的国政了。（同下）

第三场　议事厅

【公爵及众元老围桌而坐。议事厅内掌灯,吏役等随侍。

公爵：这些消息彼此纷歧,令人难于置信。

元老甲：它们真是参差不一。我的信上说是共有船只一百零七艘。

公爵：我的信上说是一百四十艘。

元老乙：我的信上又说是二百艘。可是它们所报的数目虽然各各不同,因为根据估计所得的结果,难免多少有些出入,不过它们都证实确有一支土耳其舰队在向塞浦路斯进发。

公爵：嗯,这种事情推想起来很有可能;即使消息不尽正确,大体上总是有根据的,我们倒不能不担着几分心事。

水手：(在内)喂!喂!喂!有人吗?

吏役：一个从船上来的使者。

【一水手上。

公爵：什么事?

水手：安哲鲁大人叫我来此禀告殿下,土耳其人调集舰队,正在向罗得斯岛进发。

公爵：你们对于这一个变动有什么意见?

第一幕　第三场　议事厅

元老甲：照常识判断起来，这是不会有的事；它无非是转移我们目标的一种诡计。我们只要想一想塞浦路斯对于土耳其人的重要性远在罗得斯岛以上，而且攻击塞浦路斯，也比攻击罗得斯岛容易得多，因为它的防务比较空虚，不像罗得斯岛那样戒备严密。我们只要想到这一点，就可以断定土耳其人决不会那样愚笨，甘心舍本逐末，避轻就重，进行一场无益的冒险的。

公爵：嗯，他们的目标决不是罗得斯岛，这是可以断定的。

吏役：又有消息来了。

　　　【一使者上。

使者：向罗得斯岛前进的土耳其人，已经和后来的另外一支舰队会合了。

元老甲：嗯，果然符合我的预料。照你猜想起来，一共有多少船只？

使者：三十艘模样，它们现在已经回过头来，显然是要开向塞浦路斯去的。蒙太诺大人，您的忠实英勇的仆人，叫我来向您报告这一个消息。

公爵：那么一定是到塞浦路斯去的了。玛克斯·勒西科斯不在威尼斯吗？

元老甲：他现在到佛罗伦萨去了。

公爵：替我写一封十万火急的信去给他。

元老甲：勃拉班修和那勇敢的摩尔人来了。

　　　【勃拉班修、奥赛罗、伊阿古、罗德利哥、吏役等上。

公爵： 英勇的奥赛罗，我们必须立刻派你出去向我们的公敌土耳其人作战。（向勃拉班修）我没有看见你，欢迎，先生，我们今晚正在需要你的见教和帮助呢。

勃拉班修： 我也同样需要您的指教和帮助。殿下，请您原谅，我并不是因为职责所在，也不是因为听到了什么国家大事而从床上惊起；国家的安危不能引起我的注意，因为我的个人的悲哀是那么压倒一切，把其余的忧虑一起吞没了。

公爵： 啊，为了什么事？

勃拉班修： 我的女儿！啊，我的女儿！

公爵、众元老： 死了吗？

勃拉班修： 嗯，她对于我是死了。她已经被人污辱，人家把她从我的地方拐走，用江湖骗子的符咒药物引诱她堕落；因为一个没有残疾、眼睛明亮、理智健全的人，倘不是中了魔法的蛊惑，决不会犯下这样荒唐的错误来的。

公爵： 用这种邪恶的手段引诱你的女儿，使她丧失自己的本性，使你丧失了她的，无论他是什么人，你都可以根据无情的法律，照你自己的解释给他应得的严刑；即使他是我的儿子，你也可以照样控诉他。

勃拉班修： 感谢殿下。罪人就在这儿，就是这个摩尔人；好像是您有重要的公事而召他来的。

公爵、众元老： 那我们真是抱憾得很。

第一幕　第三场　议事厅

公爵：（向奥赛罗）你自己对于这件事有什么话要分辩？

勃拉班修： 没有，事情就是这样。

奥赛罗： 威严无比，德高望重的各位大人，我的尊贵贤良的主人们，我把这位老人家的女儿带走了，这是完全真实的；我已经和她结了婚，这也是真的：我的最大的罪状仅止于此，别的就不是我所知道的了。我的言语是粗鲁的，一点不懂得那些温文尔雅的辞令；因为自从我这双手臂长了七年的膂力以后，直到最近这九个月时间在无所事事中蹉跎过去以前，它们一直都在战场上发挥它们的本领；对于这一个广大的世界，我除了冲锋陷阵以外，几乎一无所知，所以我也不能用什么动人的字句替我自己辩护。可是你们要是愿意耐心听我说下去，我可以向你们讲述一段质朴无文的关于我的恋爱的全部经过的故事。告诉你们我用什么药物、什么符咒、什么驱神役鬼的手段、什么神奇玄妙的魔法，骗到了他的女儿，因为这是他所控诉我的罪名。

勃拉班修： 一个素来胆小的女孩子，她的生性是那么幽娴贞静，甚至于心里略为动了一点感情，就会满脸羞愧；像她这样的品质，像她这样的年龄，竟会不顾国族的畛域，把名誉和一切作为牺牲，去跟一个她瞧着都害怕的人发生恋爱！假如有人竟会宣称，像她这样好的姑娘会做出这样有悖常理的事，这个人的头脑定是出了毛病。所以一定要细细查究，看到底用了什么诡计才会发生这样的事情。我断定他一定曾经用烈性的药饵或是邪术炼

155

成的毒剂麻醉她的血液。

公爵：没有更确实显明的证据，单单凭着这些表面上的猜测和莫须有的武断，是不能使人信服的。

元老甲：奥赛罗，你说，你有没有用不正当的诡计诱惑这一位年轻的女郎，或是用强暴的手段逼迫她服从你；还是正大光明地对她心心相照，达到你的求爱的目的？

奥赛罗：请你们差一个人到马人旅馆把这位小姐接来，让她当着她的父亲的面告诉你们我是怎么一个人。要是你们根据她的报告，认为我是有罪的，你们不但可以撤销你们对我的信任，解除你们给我的职权，并且可以把我判处死刑。

公爵：去把苔丝狄蒙娜带来。（二三侍从下）

奥赛罗：旗官，你领他们去；你知道她在什么地方。（伊阿古下）当她没有到来以前，我要像对天忏悔我的血肉的罪恶一样，把我怎样得到这位美人的爱情和她怎样得到我的爱情的经过情形，忠实地向各位陈诉。

公爵：说吧，奥赛罗。

奥赛罗：她的父亲很看重我，常常请我到他家里，每次谈话的时候，总是问起我的历史，要我一年一年地讲述我所经历的各次战争、围城和意外的遭遇。我就把我的一生事实，从我的童年时代起，直到他叫我讲述的那一刻为止，原原本本地说了出来。我说起最可怕的灾祸、海上陆上惊人的奇遇、间不容发的脱险、在傲慢的敌人手中被俘为奴和遇赎脱身的经过,以及旅途中的种种见闻:那些广大的岩窟、荒凉的沙漠、突兀的崖嶂、巍峨的峰岭,还有彼此相食的野蛮部落和肩下生头的化外异民,都是我的谈话的题目。苔丝狄蒙娜对于这种故事,总是出神倾听;有时为了家庭中的事务,她不能不离座而起,可是她总是尽力把事情赶紧办好,再回来孜孜不倦地把我所讲的每一个字都听了进去。我注意到她这种情形,有一天在一个适当的时间,从她的嘴里逗出了她的真诚的心愿:她希望我能够把我的一生经历,对她作一次详细的复述,因为她平日所听到的,只是一鳞半爪、残缺不全的片段。我答应了她的要求。当我讲到我在少年时代所遭逢的不幸打击的时候,她往往忍不住掉下泪来。我的故事讲完以后,她用无数的叹息酬劳我。她发誓说,那是非常奇异而悲惨的;她希望她没有听到这段故事,可是又希望上天为她造下这样一个男子。她向我道谢,对我说,要是我有一个朋友爱上了她,我只要教他怎样讲述我的故事,就可以得到她的爱情。我听了这一个暗示,才向她吐露我的求婚的诚意。她为了我所经历的种种患难而爱我,我为了她对我所抱的同情而爱她:这就是我的唯一的妖术。她来了,让她为我证明吧。

【苔丝狄蒙娜、伊阿古及侍从等上。

公爵:像这样的故事,我想我的女儿听了也会着迷的。勃拉班修,木已成舟,不必懊恼了。刀剑虽破,比起手无寸铁来,总是略胜一筹。

勃拉班修：请殿下听她说；要是她承认她本来也有爱慕他的意思，而我还要归咎于他，那就让我遭受天打雷轰。过来，好姑娘，你看这在座的济济众人之间，谁是你所最应该服从的？

苔丝狄蒙娜：我的尊贵的父亲，我在这里所看到的，是我的分歧的义务：对您说起来，我深荷您的生养教育的大恩，您给我的教养使我明白我应该怎样敬重您；您是我的家长和严君，我直到现在都是您的女儿。可是这儿是我的丈夫，正像我的母亲对您克尽一个妻子的义务，把您看得比她的父亲更重一样，我也应该有权利向这位摩尔人、我的夫主，尽我应尽的名分。

勃拉班修：上帝和你同在！我没有话说了。殿下，请您继续处理国家的要务吧。我宁愿抚养一个义子，也不愿自己生男育女。过来，摩尔人。我现在用我的全副诚心，把她给了你；倘不是你早已得到了她，我再也不会让她到你手里。为了你的缘故，宝贝，我很高兴我没有别的儿女，否则你的私奔将要使我变成一个虐待儿女的暴君，给他们手脚加上镣铐。我没有话说了，殿下。

公爵：让我为你设身处地说几句话给你听听，也许可以帮助这一对恋人，使他们能够得到你的欢心。

眼看希望幻灭，恶运临头，

无可挽回，何必满腹牢愁？

为了既成的灾祸而痛苦，

>   徒然招惹出更多的灾祸。
>   既不能和命运争强斗胜,
>   还是付之一笑,安心耐忍。
>   聪明人遭盗窃毫不介意;
>   痛哭流涕反而伤害自己。

勃拉班修: 让敌人夺去我们的海岛,
　　　　我们同样可以付之一笑。
　　　　那感激法官仁慈的囚犯,
　　　　他可以忘却刑罚的苦难;
　　　　倘然他怨恨那判决太重,
　　　　他就要忍受加倍的惨痛。
　　　　种种譬解虽能给人慰藉,
　　　　它们也会格外添人悲戚;
　　　　可是空言毕竟无补实际,
　　　　几曾有好听话送进心底?
请殿下继续进行原来的公事吧。

公爵: 土耳其人正在向塞浦路斯岛大举进犯,奥赛罗,那岛上的实力你是知道得十分清楚的;虽然我们派在那边代理总督职务的是一个公认为很有能力的人,可是大家的意思,都觉得由你去负责镇守,才可以万无一失;所以少不得只好打扰你的新婚的快乐,辛苦你去赶这一趟了。

奥赛罗：各位尊严的元老们，习惯的暴力已经使我把冷酷无情的战场当作我的温软的眠床，对于艰难困苦，我总是挺身而赴。我愿意接受你们的命令，去和土耳其人作战；可是我要请求你们给我的妻子一个适当的安置，按照她的身份，供给她一切日常的需要。

公爵：你要是同意的话，可以让她住在她父亲的家里。

勃拉班修：我不愿意容留她。

奥赛罗：我也不能同意。

苔丝狄蒙娜：我也不愿住在父亲的家里，让他每天看见我生气。最仁慈的公爵，愿您俯听我的陈请，让我的卑微的衷忱得到您的谅解和赞许。

公爵：你有什么请求，苔丝狄蒙娜？

苔丝狄蒙娜：我的大胆的行动可以代我向世人宣告，我因为爱这摩尔人，所以愿意和他过共同的生活。我的心灵完全为他的高贵的德性所征服，在他崇高的精神里，我看见他奇伟的仪表。我已经把我的灵魂和命运一起呈献给他了。所以，各位大人，要是他一个人迢迢出征，把我遗留在和平的后方，像醉生梦死的蜉蝣一样，我将要因为不能朝夕事奉他，而在镂心刻骨的离情别绪中度日如年了。让我跟随他去吧。

奥赛罗：请你们允许了她吧。上天为我作证，我向你们这样请求，并不是为了满足我自己的欲望，因为青春的热情在我已成过去了；我的唯一的动机，只是不忍使她失望。请你们千万不要抱着那样的思想，以为她跟我在一起，会使我懈怠了你们所付托给我的重大的使命。不，要是插翅的爱神的风流解数，可以蒙蔽了我的灵明的理智，使我因为贪恋欢娱而误了正事，那么让主妇们把我的战盔当作水罐，让一切的污名都丛集于我的一身吧！

公爵：她的去留行止，可以由你们自己去决定。事情很是紧急，你必须立刻出发。

元老甲：今天晚上你就得动身。

奥赛罗：很好。

公爵：明天早上九点钟，我们还要在这儿聚会一次。奥赛罗，请你留下一个将佐在这儿，你的委任状由他转交给你；要是我们随后还有什么决定，可以叫他把我们的训令传达给你。

奥赛罗：殿下，我的旗官是一个很适当的人物，他的为人是忠实而可靠的；我还要请他负责护送我的妻子，要是此外再有什么必须寄给我的物件，也请殿下一起交给他。

公爵：很好。各位晚安！（向勃拉班修）尊贵的先生，倘然以才德取人，不凭容貌，你这位贤东床难道比不上翩翩年少？

元老甲：再会，勇敢的摩尔人！好好看顾苔丝狄蒙娜。

勃拉班修：留心看好她，摩尔人，不要视而不见；她已经愚弄她的父亲，她也会把你欺骗。（公爵、众元老、吏役等同下）

奥赛罗：我用生命保证她的忠诚！正直的伊阿古，我必须把我的苔丝狄蒙娜托付给你，请你叫你的妻子当心照料她；看什么时候有方便，就烦你护送她们起程。来，苔丝狄蒙娜，我只有一小时的工夫和你诉述衷情、料理庶事了。我们必须服从环境的支配。（奥赛罗、苔丝狄蒙娜同下）

罗德利哥：伊阿古！

伊阿古：你怎么说，好人儿？

罗德利哥：你想我该怎么办？

伊阿古：上床睡觉去吧。

罗德利哥：我立刻就去投水去。

伊阿古：好，要是你投了水，我从此不欢喜你了。嘿，你这傻大少爷！

罗德利哥：活着要是这样受苦，傻瓜才愿意活下去；一死可以了却烦恼，还是死了的好。

伊阿古：啊，该死！我在这世上也经历过四七二十八个年头了，自从我能够辨别利害以来，我从来不曾看见过什么人知道怎样爱惜他自己。要是我也会为了爱上一个雌儿的缘故而投水自杀，我宁愿变成一只猴子。

罗德利哥：我该怎么办？我承认这样痴心是一件丢脸的事，可是我没有力量把它补救过来呀。

伊阿古：力量！废话！我们要这样那样，只有靠我们自己。我们的身体就像一座园圃，我们的意志是这园圃里的园丁；不论我们插荨麻、种莴苣、栽下牛膝草、拔起百里香，或者单独培植一种草木，或者把全园种得万卉纷披，让它荒废不治也好，把它辛勤耕垦也好，那力量来自我们的意志。要是在我们的生命之中，理智和情欲不能保持平衡，我们血肉的邪心就会引导我们到一个荒唐的结局；可是我们有的是理智，可以冲淡我们汹涌的热情、肉体的刺激和奔放的淫欲。我认为你所称为爱情的，也不过是那样一种东西。

罗德利哥：不，那不是。

伊阿古：那不过是在意志的默许之下一阵情欲的冲动而已。算了，做一个汉子。投水自杀！捉几头大猫小狗投在水里吧！我曾经声明我是你的朋友，我承认我对你的友谊是用不可摧折的坚韧的缆索联结起来的；现在正是我应该为你出力的时候。把银钱放在你的钱袋里，跟他们出征去；装上一脸假胡子，遮住你的本来面目；我说，把银钱放在你的钱袋里。苔丝狄蒙娜爱那摩尔人决不会长久——把银钱放在你的钱袋里——他也不会长久爱她。她一开始就把他爱得这样热烈，他们感情的破裂一定也是很突然的；你只要把银钱放在你的钱袋里。这些摩尔人很容易变心——把你的钱袋装满了钱——现在他吃起来像蝗虫一样好胃口的食物，不久便要变得像苦苹果一样涩口了。她必须换一个年轻的男子；当她餍足了他的肉体以后，她就会觉悟她的

163

选择的错误。她必须换换口味，她必须；所以把银钱放在你的钱袋里。要是你一定要寻死，也得想一个比投水巧妙一点死法。尽你的力量搜括一些钱。要是凭着我的计谋和魔鬼们的奸诈，破坏这一个鲁莽的蛮子和这一个狡猾的威尼斯女人之间的脆弱的盟誓，还不算是一件难事，那么你一定可以享受她；所以快去设法弄些钱来吧。投水自杀！什么话！那根本就不用提。你宁可因为追求你的快乐而被人吊死，总不要在没有一亲她的香泽以前投水自杀。

罗德利哥：要是我期待着这样的结果，你一定会尽力帮助我达到我的愿望吗？

伊阿古：你可以完全信任我。去，弄一些钱来。我常常对你说，一次一次反复告诉你，我恨那摩尔人；我的怨毒蓄积在心头，你也对他抱着同样深刻的仇恨，让我们同心合力向他复仇。要是你能够给他戴上一顶绿头巾，你果然是如愿以偿，我也可以拍掌称快。无数人事的变化孕育在时间的胚胎里，我们等着看吧。去，预备好你的钱。我们明天再谈这件事情。再见。

罗德利哥：明天早上我们在什么地方会面？

伊阿古：就在我的寓所里吧。

罗德利哥：我一早就来看你。

伊阿古：好，再会。你听见吗，罗德利哥？

罗德利哥：你说什么？

伊阿古:别再提起投水的话儿了,你听见没有?

罗德利哥:我已经变了一个人了。

伊阿古:好,再会,多放一些钱在你的钱袋里。

罗德利哥:我要去把我的田地一起变卖。(下)

伊阿古:我总是这样让这种傻瓜掏出钱来给我花用;因为倘不是为了替自己解解闷气,打算占些便宜,那我浪费了时间跟这样一个呆子周旋,那才对不起我的人生阅历呢。我恨那摩尔人,有人说他和我的妻子私通,我不知道这句话是真是假;可是在这种事情上,即使不过是嫌疑,我也要把它当作实有其事一样看待。他对我很有好感,这样可以使我对他实行我的计策的时候格外方便一些。凯西奥是一个俊美的男子;让我想想看:夺到他的位置,实现我的一举两得的阴谋;怎么办?怎么办?让我看:等过了一些时候,在奥赛罗的耳边捏造一些鬼话,说他跟他的妻子看上去太亲热了;他长得漂亮,性情又温和,天生一种媚惑妇人的魔力,像他这种人是很容易引起疑心的。那摩尔人是一个坦白爽直的人,他看见人家在表面上装出一副忠厚诚实的样子,就以为一定是个好人;我可以把他像一头驴子一般牵着鼻子跑。有了!我的计策已经产生。地狱和黑夜酝酿就这空前的罪恶,它必须向世界显露它的面目。(下)

第 二 幕

第一场　塞浦路斯岛海港一市镇。码头附近的广场

【蒙太诺及二军官上。

蒙太诺：你从那海岬上望出去，看见海里有什么船只没有？

军官甲：一点望不见。波浪很高，在天海之间，我看不见一片船帆。

蒙太诺：风在陆地上吹得也很厉害，从来不曾有这么大的暴风打击过我们的雉堞。要是它在海上也是这么猖狂，哪一艘橡树造成的船身支持得住山一样的巨涛迎头倒下？这场风暴会给我们带来什么消息呢？

军官乙：土耳其舰队一定被风浪冲散了。你只要站在白沫飞溅的海岸上，就可以看见咆哮的汹涛高击云霄，被狂风卷起的怒浪奔腾山立，好像要把海水浇向光明的大熊星上，熄灭那照耀北极的永古不移的斗宿一样。我从来没有见过这样可怕的惊涛骇浪。

蒙太诺：要是土耳其舰队没有避进港里，它们一定沉没了；这样的

第二幕 第一场 塞浦路斯岛海港一市镇。码头附近的广场

风浪是抵御不了的。

【另一军官上。

军官丙：报告消息！小伙子们！咱们的战事已经结束了。土耳其人遭受这场暴风浪的突击，不得不放弃他们进攻的计划。一艘从威尼斯来的大船，一路上看见他们的船只或沉或破，大部分零落不堪。

蒙太诺：啊！这是真的吗？

军官丙：大船已经在这儿进港，是艘维洛那造的船。迈克尔·凯西奥，那勇武的摩尔人奥赛罗的副将，已经上岸来了；那摩尔人自己还在海上，他是奉到全权委任，到塞浦路斯来的。

蒙太诺：我很高兴，这是一位很有才能的总督。

军官丙：可是这个凯西奥说起土耳其的损失，虽然兴高采烈，同时他却满脸愁容，祈祷着那摩尔人的安全，因为他们是在险恶的大风浪中彼此失散的。

蒙太诺：但愿他平安无恙。我曾经在他手下做过事，知道他在治军用兵这方面，的确是一个大将之才。来，让我们到海边去！一方面看看新近到来的船舶，一方面把我们的眼睛遥望到海天相接的远处，盼候着勇敢的奥赛罗。

军官丙：来，我们去吧；因为每一分钟都会有更多的人到来。

【凯西奥上。

凯西奥：谢谢，你们这座英勇的岛上的各位壮士，因为你们这样褒

167

奖这位摩尔人。啊！但愿上天帮助他战胜风浪，因为我是在险恶的波涛之中和他失散的。

蒙太诺：他的船靠得住吗？

凯西奥：船身很是坚固，舵师是一个很有经验的人，所以我还抱着很大的希望。（内呼声："一条船！一条船！一条船！"）

　　【一使者上。

凯西奥：什么声音？

使者：全城的人都出来了，海边上站满了人，他们在嚷，"一条船！一条船！"

凯西奥：我希望那就是我们新任的总督。（炮声）

军官乙：他们在放礼炮了。即使不是总督，至少也是我们的朋友。

凯西奥：先生，请你去看一看，回来告诉我们究竟是什么人来了。

　　军官乙：我就去。（下）

蒙太诺：副将，你们主帅有没有结过婚？

凯西奥：他的婚姻是再幸福不过的。他娶到了一位女郎，她的美貌才德，胜过一切的形容和崇高的名誉。笔墨的赞美不能穷极她的好处，没有一句适当的言语可以充分表达她的天赋的优美。

　　【军官乙重上。

凯西奥：啊！谁到来了？

军官乙：是元帅麾下的一名旗官，叫伊阿古。

凯西奥：他倒一帆风顺地到了。汹涌的怒涛、咆哮的狂风、埋伏在

第二幕　第一场　塞浦路斯岛海港一市镇。码头附近的广场

海底的礁石沙碛,似乎也懂得爱惜美人,收敛了它们凶恶的本性,让神圣的苔丝狄蒙娜安然通过。

蒙太诺：她是谁？

凯西奥：就是我刚才所说起的,我们大帅的主帅。勇敢的伊阿古护送她到这儿来,想不到他们路上走得这么快,比我们的预期还早了七天。伟大的乔武啊,保佑奥赛罗,吹一口你的大力的气息在他的船帆上,让他的高大的桅樯在这儿海港里显现它的雄姿,让他跳动着一颗恋人的心投进苔丝狄蒙娜的怀里,重新燃起我们奄奄欲绝的精神,使整个塞浦路斯充满兴奋!

【苔丝狄蒙娜、爱米利娅、伊阿古、罗德利哥及侍从等上。

凯西奥：啊!瞧,船上的珍宝到岸上来了。塞浦路斯人啊,向她下跪吧。祝福你,夫人!愿神灵在你前后左右周遭呵护你!

苔丝狄蒙娜：谢谢您,英勇的凯西奥。您知道我的丈夫有什么消息吗？

凯西奥：他还没有到来；我只知道他是平安的,大概不久就会到来。

苔丝狄蒙娜：啊!可是我怕——你们怎么会分散的？

凯西奥：天风和海水的猛烈的激战,使我们彼此相失。(内呼声："一条船!一条船!"炮声)听!有船来了。

军官乙：他们向我们城上放礼炮了。到来的也是我们的朋友。

凯西奥：你去探看探看。(军官乙下)旗官,欢迎!(向爱米利娅)欢迎,

嫂子！请不要恼怒，好伊阿古，我总得有个礼貌，按我的教养，就得来这么一个放肆的见面礼。（吻爱米利娅）

伊阿古：老兄，要是她向你掀动她的嘴唇，也像她向我掀动她的舌头一样，那你就要叫苦不迭了。

苔丝狄蒙娜：唉！她又不会多嘴。

伊阿古：真的，她太会多嘴了；每次我想睡觉的时候，总是被她吵得不得安宁。不过，在您夫人的面前，我还要说一句，她有些话是放在心里说的，人家瞧她不开口，她却在心里骂人。

爱米利娅：你没有理由这样冤枉我。

伊阿古：得啦，得啦，你们跑出门像图画，走进房像响铃，到了灶下像野猫；设计害人的时候，面子上装得像个圣徒，人家冒犯了你们，你们便活像夜叉；叫你们管家，你们只会一味胡闹，一上床却又忙碌得像个主妇。

苔丝狄蒙娜：啊，啐！你这乱讲乱说的家伙！

伊阿古：　　　　我说的话儿千真万确，
　　　　　　你们起来游戏，上床工作。

爱米利娅：我再也不要你写赞美我的诗句。

伊阿古：对，可别叫我写。

苔丝狄蒙娜：要是叫你赞美我，你要怎么写法呢？

伊阿古：啊，好夫人，别叫我做这件事，因为我的脾气是要吹毛求疵的。

第二幕　第一场　塞浦路斯岛海港一市镇。码头附近的广场

苔丝狄蒙娜： 来，试试看。有人到港口去了吗？

伊阿古： 是，夫人。

苔丝狄蒙娜： 我虽然心里愁闷，姑且强作欢容。来，你怎么赞美我？

伊阿古： 我正在想着呢；可是我的诗情粘在我的脑壳里，用力一挤就会把脑浆一起挤出的。我的诗神难产了。好了，生下来了：

　　　　　她要是既漂亮又智慧，

　　　　　就不会误用她的娇美。

苔丝狄蒙娜： 赞美得好！要是她虽黑丑而聪明呢？

伊阿古： 　　　要是她虽黑丑却聪明，

　　　　　包她配上一位俊郎君。

苔丝狄蒙娜： 不成话。

爱米利娅： 要是美貌而愚笨呢？

伊阿古： 　　　美女人决不是笨冬瓜，

　　　　　蠢杀也会抱个小娃娃。

苔丝狄蒙娜： 这些都是在酒店里骗傻瓜们笑笑的古老的歪诗。还有一种又丑又笨的女人，你也能够勉强赞美她两句吗？

伊阿古： 　　　别看她心肠笨相貌丑，

　　　　　聪明漂亮女人的戏法一样拿手。

苔丝狄蒙娜： 啊，岂有此理！你把最好的赞美给了最坏的女人。可你又怎样赞美一位真正值得赞美的女人呢？一位品质优异、连十足的恶棍都不得不称赞的女人呢？

伊阿古： 她生得水灵，却不骄傲；

口齿伶俐，却不吵闹；

从不缺钱，却不妖娆；

心想事成，却啥都不要；

受了恶气，本可出气，

自己却先消了不平之气；

明白事理，端庄稳重，

吃着鳕鱼头，不思鲑鱼尾；

脑筋转得快，嘴巴却闭得牢；

有人尾随，头也不回。

要是真有这样的女娇娃——

苔丝狄蒙娜：要她干啥？

伊阿古： 奶傻孩子，

记油盐账。

苔丝狄蒙娜：啊，这结尾真是太差劲、太没劲了！爱米利娅，不要听他的胡言乱语，虽说他是你的丈夫。你说呢，凯西奥，他是不是一个满嘴胡说八道的家伙？

凯西奥：他很直爽，夫人。您要是把他当作一个军人，不把他当作一个文士，您就不会嫌他出言粗俗了。

伊阿古：（旁白）他捏着她的手心。嗯，交头接耳，好得很。我只要张起这么一个小小的网，就可以捉住像凯西奥这样一头大苍蝇。

嗯,对她微笑,很好;我要叫你跌翻在你自己的礼貌中间。——您说得对,正是正是。——要是这种鬼殷勤会葬送你的前程,你还是不要老是吻着你的三个指头,表示你的绅士风度吧。很好,吻得不错!绝妙的礼貌!正是正是,又把你的听得出他的喇叭声音。

凯西奥: 真的是他。

苔丝狄蒙娜: 让我们去迎接他。

凯西奥: 瞧!他来了。

【奥赛罗及侍从等上。

奥赛罗: 啊,我娇美的战士!

苔丝狄蒙娜: 我亲爱的奥赛罗!

奥赛罗: 看见你比我先到这里,真使我又惊又喜。啊,我的心爱的人!要是每一次暴风雨之后,都有这样和煦的阳光,那么尽管让狂风肆意地吹,把死亡都吹醒了吧!让那辛苦挣扎的船舶爬上一座座如山的高浪,就像从高高的天上堕下幽深的地狱一般一泻千丈地跌落下来吧!要是我现在死去,那才是最幸福的;因为我怕我的灵魂已经尝到了无上的欢乐,此生此世,再也不会有同样令人欣喜的事情了。

苔丝狄蒙娜: 但愿上天眷顾,让我们的爱情和欢乐与日俱增!

奥赛罗: 阿门,慈悲的神明!我不能充分说出我心头的快乐;太多的欢喜窒住了我的呼吸。一个吻,再一个吻,这就是两根心弦

间能奏响的最嘈杂的声音。（两人接吻）

伊阿古：（旁白）啊，你们现在是琴瑟调和，看我不动声色，叫你们弦断柱裂走了音。

奥赛罗：来，让我们到城堡里去。好消息，朋友们，我们的战事已经结束，土耳其人全都溺死了。我的岛上的旧友，您好？爱人，你在塞浦路斯将要受到众人的宠爱，我觉得他们都是非常热情的。啊，亲爱的，我自己太高兴了，所以会说出这样忘形的话来。好伊阿古，请你到港口去一趟，把我的箱子搬到岸上。带那船长到城堡里来；他是一个很好的家伙，他的才能非常叫人钦佩。来，苔丝狄蒙娜。（除伊阿古和罗德利哥外，均下）

伊阿古：你马上就到港口来会我。过来。人家说，爱情可以刺激懦夫，使他鼓起本来所没有的勇气。要是你果然有胆量，请听我说。副将今晚在卫舍守夜。第一我必须告诉你，苔丝狄蒙娜是直接跟他发生恋爱的。

罗德利哥：跟他发生恋爱！那是不会有的事。

伊阿古：闭住你的嘴，好好听我说。你看她当初不过因为这摩尔人向她吹了些牛皮，撒下一些漫天的大谎，她就爱得他多么热烈；难道她会继续爱他，只是为了他的吹牛的本领吗？你是个聪明人，不要以为世上会有这样的事。她的视觉必须得到满足；她能够从魔鬼脸上感到什么佳趣？情欲在一阵兴奋过了以后而渐生厌倦的时候，必须换一换新鲜的口味，方才可以把它重新

第二幕　第一场　塞浦路斯岛海港一市镇。码头附近的广场

刺激起来：或者是容貌的漂亮，或者是年龄的相称，或者是举止的风雅，这些都是这摩尔人所欠缺的。她因为在这些必要条件上种种不能满足，一定会觉得她的青春娇艳所托非人，而开始对这摩尔人由失望而憎恨，由憎恨而厌恶，她的天性就会迫令她再作第二次的选择。这种情形是很自然而可能的；要是承认了这一点，试问哪一个人比凯西奥更有享受这一种福分的便利？一个很会讲话的家伙，为了达到他的秘密的淫邪的欲望，他会恬不为意地装出一副殷勤文雅的外表。哼，谁也比不上他；一个狡猾阴险的家伙，惯会趁机取利，无孔不入；一个鬼一样的家伙！而且，这家伙又漂亮，又年轻，凡是可以使无知妇女醉心的条件，他无一不备。一个十足害人的家伙。这女人已经把他勾上了。

罗德利哥：我不能相信，她是一位圣洁的女郎。

伊阿古：他妈的圣洁！她喝的酒也是用葡萄酿成的；她要是圣洁，她就不会爱这摩尔人了。哼，圣洁！你不看见她捏弄他的手心吗？你不看见吗？

罗德利哥：是的，我看见的；可是那不过是礼貌罢了。

伊阿古：我举手为誓，这明明是奸淫！这一段意味深长的楔子，就包括无限淫情欲念的交流。他们的嘴唇那么贴近，他们的呼吸简直互相拥抱了。该死的思想，罗德利哥！这种表面上的亲热一开了端，主要的好戏就会跟着上场，肉体的结合是必然的结

论。呸！可是，老兄，你听我说。我特意把你从威尼斯带来，今晚你代我值班守夜。凯西奥是不认识你的；我就在离你不远的地方看着你。你见了凯西奥就找一些借口向他挑衅，或者高声辱骂，或者毁谤他的军誉，或者随你的意思见机行事。

罗德利哥： 好。

伊阿古： 他是个性情暴躁、易于发怒的人，也许会向你动武；即使他不动武，你也要激他和你打起架来；因为借着这一个理由，我就可以在塞浦路斯人中间煽起一场暴动，假如要平息他们的愤怒，除了把凯西奥解职以外没有其他的方法。这样你就可以在我的设计协助之下，早日达到你的愿望，你的阻碍也可以从此除去，否则我们的事情是决无成功之望的。

罗德利哥： 我愿意这样干，要是我能够找到下手的机会。

伊阿古： 那我可以向你保证。等会儿在城堡见我。我现在必须去替他把应用物件搬上岸来。再会。

罗德利哥： 再会。（下）

伊阿古： 凯西奥爱她，这一点我是可以充分相信的；她爱凯西奥，这也是一件很自然而可能的事。这摩尔人我虽然气他不过，却有一副坚定仁爱正直的性格；我相信他会对苔丝狄蒙娜做一个最多情的丈夫。讲到我自己，我也是爱她的，并不完全出于情欲的冲动——虽然也许我也犯着这样的罪名——可是一半是为要报复我的仇恨，因为我疑心这好色的摩尔人跨上了我的鞍子。

这一种思想像毒药一样腐蚀我的肝肠,什么都不能使我心满意足,除非在他身上发泄这一口怨气。他夺去我的人,我也叫他有了妻子享受不成。即使不能做到这一点,我也要叫这摩尔人心里长起根深蒂固的嫉妒来,没有一种理智的药饵可以把它治疗。为了达到这一个目的,我已经利用这威尼斯的蠢货做我的鹰犬;要是他果然听我的唆使,我就可以抓住我们那位迈克尔·凯西奥的把柄,在这摩尔人面前诽谤他,因为我疑心凯西奥跟我的妻子也是有些暧昧的。这样我可以让这摩尔人感谢我,喜欢我,报答我,因为我叫他做了一头大大的驴子,用诡计捣乱他的平和安宁,使他因气愤而发疯。方针已经决定,前途未可预料;阴谋的面目待到下手后才会揭晓。(下)

第二场　街道

【传令官持告示上;民众随后。

传令官:我们尊贵英勇的元帅奥赛罗有令,根据最近接到的消息,土耳其舰队已经全军覆没,全体军民听到这一个捷音,理应同表庆祝:跳舞的跳舞,燃放焰火的燃放焰火,每一个人都可以随他自己的高兴尽情欢乐;因为除了这些可喜的消息以外,我们同时还要祝贺我们元帅的新婚。帅府中一切门禁完全撤除,从下午五时起,直到深夜十一时,无论何人,可以自由出人,饮酒宴乐。上天祝福塞浦路斯岛和我们尊贵的元帅奥赛罗!(同下)

第三场　城堡中的厅堂

【奥赛罗、苔丝狄蒙娜、凯西奥及侍从等上。

奥赛罗:好迈克尔,今天请你留心戒备。我们必须随时谨慎,免得因为纵乐无度而肇成意外。

凯西奥:我已经吩咐伊阿古怎样办了,我自己也要亲自督察照看。

奥赛罗:伊阿古是个忠实可靠的汉子。迈克尔,晚安,明天你一早就来见我。(向苔丝狄蒙娜)来,我的爱人,我们已经把彼此心身互相交换,愿今后花开结果,恩情美满。晚安!(奥赛罗、苔丝狄蒙娜及侍从等下)

【伊阿古上。

凯西奥:欢迎,伊阿古,我们该守夜去了。

第二幕　第三场　城堡中的厅堂

伊阿古：时候还早哪，副将，现在还不到十点钟。咱们主帅因为舍不得他的新夫人，所以这么早就打发我们出去；可是我们也怪不得他，他还没有跟她真个销魂，而她这个人，任是天神见了她也要动心的。

凯西奥：她是一位人间无比的佳人。

伊阿古：我可以担保她也是一个非常风流的人儿。

凯西奥：她的确是一个娇艳可爱的女郎。

伊阿古：她长着一双多么好的眼睛，简直能摄人魂魄。

凯西奥：一双动人的眼睛，可是却有一种端庄贞静的神气。

伊阿古：她说话的时候，不就是爱情的警报吗？

凯西奥：她真是十全十美。

伊阿古：好，愿他们被窝里快乐！来，副将，我还有一瓶酒；外面有两个塞浦路斯的绅士，要想为黑将军祝饮一杯。

凯西奥：今夜可不能奉陪了，好伊阿古。我一喝了酒，头脑就会糊涂起来。我希望有人能够发明在宾客欢会的时候，用另外一种方法招待他们。

伊阿古：啊，他们都是我们的朋友，喝一杯吧，我也可以代你喝。

凯西奥：我今晚只喝了一杯，就是那一杯也被我偷偷儿冲了些水，可是我的头已经有点儿昏啦。我知道自己的弱点，实在不敢再多喝了。

伊阿古：哎哟，朋友！这是一个狂欢的良夜，不要扫了那些绅士们的兴致。

凯西奥：他们在什么地方？

伊阿古：就在这门外，请你去叫他们进来吧。

凯西奥：我去就去，可是我心里是不愿意的。（下）

伊阿古：他今晚已经喝过了一些酒，我只要再灌他一杯下去，他就会像小狗一样到处招惹是非。我们那位为情憔悴的傻瓜罗德利哥，今晚为了苔丝狄蒙娜也喝了几大杯的酒，我已经派他守夜了。还有三个心性高傲、重视荣誉的塞浦路斯少年，都是这座尚武的岛上的优秀人物，我也把他们灌得酩酊大醉；他们今晚也是要守夜的。在这一群醉汉中间，我要叫我们这位凯西奥干出一些可以激起这岛上公愤的事来。可是他们来了。

【凯西奥率蒙太诺及军官等重上；众仆持酒后随。

凯西奥：上帝可以作证，他们已经灌了我一满杯啦。

蒙太诺：真的，只是小小的一杯，顶多也不过一品脱的分量。我是一个军人，从来不会说谎的。

伊阿古：喂，酒来！（唱）

　　　　一瓶一瓶复一瓶，

　　　　饮酒击瓶玎珰鸣。

　　　　我为军人岂无情，

　　　　人命倏忽如烟云，

　　　　聊持杯酒遣浮生。

孩儿们,酒来!

凯西奥: 好一支歌儿!

伊阿古: 这一支歌是我在英国学来的。英国人的酒量才厉害呢,什么丹麦人、德国人、大肚子的荷兰人——酒来!——比起英国人来都不算得什么。

凯西奥: 你那英国人果然这样善于喝酒吗?

伊阿古: 嘿,他会不动声色地把丹麦人灌得烂醉如泥,面不流汗把德国人灌得不省人事,还没有倒满下一杯,那荷兰人已经呕吐狼藉了。

凯西奥: 祝我们的主帅健康!

蒙太诺: 赞成,副将,您喝我也喝。

伊阿古: 啊,可爱的英格兰!(唱)

> 斯蒂芬是个好国王,
>
> 　做条新裤一克朗;
>
> 非说裁缝黑心肠,
>
> 　多收工钱六便士。
>
> 老爷英名四方扬,
>
> 　瞧你是个啥模样。
>
> 骄奢误国你知不知,
>
> 　赶快拾起你的旧衣裳。

喂,酒来!

凯西奥：老天在上，这首歌可比刚才一首更要好听。

伊阿古：那就再听一遍？

凯西奥：不了，因为照我看，像他这样身份的人做出这样的事，太没样子了。好，上帝在我们头上，有的灵魂必须得救，有的灵魂就不能得救。

伊阿古：对了，副将。

凯西奥：讲到我自己——我并没有冒犯我们主帅或是无论哪一位大人物的意思——我是希望能够得救的。

伊阿古：我也这样希望，副将。

凯西奥：嗯，可是，对不起，你不能比我先得救；副将得救了，然后才是旗官得救。咱们别提这种话啦，还是去干我们的事吧。上帝赦免我们的罪恶！各位先生，我们不要忘了我们的事情。不要以为我是醉了，各位先生。这是我的旗官；这是我的右手，这是我的左手。我现在并没有醉；我站得很稳，我说话也很清楚。

众人：非常清楚。

凯西奥：那么很好，你们可不要以为我醉了。（下）

蒙太诺：各位朋友，来，我们到露台上守望去。（众绅士随凯西奥下）

伊阿古：你们看见刚才出去的这一个人：讲到指挥三军的才能，他可以和凯撒争一日之雄；可是你们瞧他这一种酗酒的样子，正好和他的长处相抵销。我真为他可惜！我怕奥赛罗对他如此信任，也许有一天会被他误了大事，使全岛大受震动的。

蒙太诺：可是他常常是这样的吗？

伊阿古：他喝醉了酒总是要睡觉。要是没有酒替他催眠，他可以一昼夜打起精神不睡。

蒙太诺：这种情形应该向元帅提起。也许他没有觉察，也许他秉性仁恕，因为看重凯西奥的才能而忽略了他的短处。这句话对不对？

【罗德利哥上。

伊阿古：（向罗德利哥旁白）怎么，罗德利哥！你快追到那副将后面去吧。去！（罗德利哥下）

蒙太诺：这高贵的摩尔人竟会让一个染上这种恶癖的人做他的辅佐，真是一件令人抱憾的事。谁能够老实对他这样说，才是一个正直的汉子。

伊阿古：即使把这一座大好的岛送给我，我也不愿意说。我很爱凯西奥，要是有办法，我愿意尽力帮助他除去这一种恶癖。（内呼声："救命！救命！"）可是听！什么声音？

【凯西奥驱罗德利哥重上。

凯西奥：浑蛋！狗贼！

蒙太诺：什么事，副将？

凯西奥：一个浑蛋也敢教训起我来！我要把这浑蛋打进一只酒瓶

里去。

罗德利哥：打我！

凯西奥：你还要利嘴吗，狗贼？（打罗德利哥）

蒙太诺：（拉凯西奥）别，副将，请您住手。

凯西奥：放开我，先生，否则我要一拳打到你的头上来了。

蒙太诺：得啦得啦，你醉了。

凯西奥：醉了！（与蒙太诺斗）

伊阿古：（向罗德利哥旁白）快走！到外边去高声嚷叫，说是出了乱子啦。（罗德利哥下）不，副将！天哪，各位先生！喂，来人！副将！蒙太诺！帮帮忙，各位朋友！这算是守的什么夜呀！（钟鸣）谁在那儿打钟？该死！全市的人都要起来了。天哪！副将，住手！你的脸要从此丢尽啦。

【奥赛罗及侍从等重上。

奥赛罗：这儿出了什么事情？

蒙太诺：他妈的！我的血流个不停。我受了重伤啦，这家伙死定了。

（再次冲向凯西奥）

奥赛罗：要活命的快住手！

伊阿古：喂，住手，副将！蒙太诺！各位先生！你们忘记你们的地位和责任了吗？住手！主帅在对你们说话，还不住手！

奥赛罗：怎么，怎么！为什么闹起来的？难道我们都变成土耳其人了吗？上天不许异教徒攻打我们，我们倒要同室操戈吗？为了基督徒的面子，停止这场粗暴的争吵；谁要是一味呕气，再敢动一动，他就是看轻他自己的灵魂，他一举手我就叫他死。叫他们不要打那可怕的钟，它会扰乱岛上的人心。各位，究竟是怎么一回事？正直的伊阿古，瞧你懊恼得脸色惨淡，告诉我，谁开始这场争闹？凭着你的忠心，老实对我说。

伊阿古：我不知道。刚才还是好好的朋友，像正在宽衣解带的新夫妇一般相亲相爱，一下子就好像受到什么星光的刺激，迷失了他们的本性似的，大家拔出剑来，向彼此的胸前直刺过去，拼个你死我活了。我说不出这场任性的争吵是怎么开始的；只怪我这双腿不曾在光荣的战阵上失去，那么我也不会踏进这种是非中间了！

奥赛罗：迈克尔，你怎么会这样忘记你自己的身份？

凯西奥：请您原谅我，我没有话可说。

奥赛罗：尊贵的蒙太诺，您一向是个温文知礼的人，您的少年端重为举世所钦佩，在贤人君子之间，您有很好的名声；为什么您会这样自贬身价，牺牲您的宝贵的名誉，让人家说您是个在深更半夜里酗酒闹事的家伙？给我一个回答。

蒙太诺：尊贵的奥赛罗，我伤得很厉害，不能多说话；您的贵部下伊阿古可以告诉您我所知道的一切。其实我也不知道我在今夜说错了什么话或是做错了什么事，除非在暴力侵凌的时候，自卫是一桩罪恶。

奥赛罗：苍天在上，我现在可再也遏制不住我的怒气了。我只要动一动，或是举一举这只手臂，就可以叫你们中间最有本领的人在我的一怒之下丧失了生命。让我知道这一场可耻的骚扰是怎么开始的，谁是最初肇起事端来的人。要是证实了哪一个人是启衅的罪魁，即使他是我的孪生兄弟，我也不能放过他。什么！一个新遭战乱的城市，秩序还没有恢复，人民的心里充满了恐惧，你们却在深更半夜，在全岛治安所系赖的所在为了私人间的细故争吵起来！岂有此理！伊阿古，谁是肇事的人？

蒙太诺：你要是意存偏袒，或是同僚相护，所说的话和事实不尽符合，你就不是个军人。

伊阿古：不要这样逼我，我宁愿割下自己的舌头，也不愿让它说迈克尔·凯西奥的坏话；可是事已如此，我想说老实话也不算对不起他。是这样的，主帅，蒙太诺跟我正在谈话，忽然跑进一个人来高呼救命，后面跟着凯西奥，杀气腾腾地提了剑，好像一定要杀死他才甘心似的；那时候这位先生就挺身前去拦住凯西奥，请他息怒；我自己追赶那个叫喊的人，因为恐怕他在外边大惊小怪，扰乱人心，可是他跑得快，我追不上，又听见背后刀剑碰撞和凯西奥高声咒骂的声音，所以就回来了。我从来没有听见他这样骂过人；我本来追得不远，一转身就看见他们在这儿你一刀我一剑地厮杀得难解难分，正像您到来喝开他们的时候一样。我所能报告的就是这几句话。人总是人，圣贤也有错误的时候；一个人在愤怒之中，就是好朋友也会反脸不认。虽然凯西奥给了他一点小小的伤害，可是我相信凯西奥一定从那逃走的家伙那里受到什么奇耻大辱，所以才会动起那么大的火性来的。

奥赛罗：伊阿古，我知道你的忠实和义气，使你把这件事情轻描淡写，替凯西奥减轻他的罪名。凯西奥，你是我的好朋友，可是从此以后，你不是我的部属了。

【苔丝狄蒙娜率侍从上。

奥赛罗：瞧！我的温柔的爱人也给你们吵醒了！（向凯西奥）我要把你做一个榜样。

苔丝狄蒙娜：什么事？

奥赛罗：现在一切都没事了，爱人，去睡吧。先生，您受的伤我愿意亲自替您医治。把他扶出去。（侍从扶蒙太诺下）伊阿古，你去巡视市街，安定安定受惊的人心。来，苔丝狄蒙娜，难圆的是军人的好梦，才合眼又被杀声惊动。（携苔丝狄蒙娜、众绅士及仆从下）

伊阿古：什么！副将，你受伤了吗？

凯西奥：嗯，我的伤是无药可救的了。

伊阿古：哎哟，上天保佑没有这样的事！

凯西奥：名誉，名誉，名誉！啊，我的名誉已经一败涂地了！我已经失去我的生命中不死的一部分，留下来的也就跟畜牲没有分

187

别了。我的名誉,伊阿古,我的名誉!

伊阿古:我是个老实人,我还以为你受到了什么身体上的伤害,那是比名誉的损失痛苦得多的。名誉是一件无聊的骗人的东西;得到它的人未必有什么功德,失去它的人也未必有什么过失。你的名誉仍旧是好端端的,除非你自以为它已经扫地了。嘿,朋友,你要恢复主帅对你的欢心,尽有办法呢。你现在不过一时遭逢他的恼怒;他给你的这一种处分,与其说是表示对你的不满,还不如说是遮掩世人耳目的政策,正像有人为了吓退一头凶恶的狮子而故意鞭打他的驯良的狗儿一样。你只要向他恳求恳求,他一定会回心转意的。

凯西奥:我宁愿恳求他唾弃我,也不愿蒙蔽他的聪明,让这样一位贤能的主帅手下有这么一个酗酒放荡的不肖将校。纵饮无度!胡言乱道!吵架!吹牛!赌咒!跟自己的影子说些废话!啊,你空虚缥缈的美酒的精灵,要是你还没有一个名字,让我们叫你作魔鬼吧!

伊阿古:你提起了剑追逐不舍的那个人是谁?他怎么冒犯了你?

凯西奥:我不知道。

伊阿古:你怎么会不知道?

凯西奥:我记得一大堆的事情,可是全都是模模糊糊的;我记得跟人家吵起来,可是不知道为了什么。上帝啊!人们居然会把一个仇敌放进了自己的嘴里,让它偷去他们的头脑,在欢天喜地之中，把我们自己变成了畜生！

伊阿古：可是你现在已经很清醒了。你怎么会明白过来的？

凯西奥：气鬼一上了身，酒鬼就自动退让；一件过失引起了第二件过失，简直使我自己也瞧不起自己了。

伊阿古：得啦，你也太认真了。照此时此地的环境说起来，我但愿没有这种事情发生；可是即使事已如此，以后留心改过也就是了。

凯西奥：我要向他请求恢复我的原职，他会对我说我是一个酒棍！即使我有一百张嘴，这样一个答复也会把它们一起封住。现在还是一个清清楚楚的人，不一会儿就变成个傻子，然后他就变成一头畜生！啊，奇怪！每一杯过量的酒都是魔鬼酿成的毒水。

伊阿古：算了，算了，好酒只要不滥喝，也是一个很好的伙伴，你也不用咒骂它了。副将，我想你一定把我当作一个好朋友看待。

凯西奥：我很信任你的友谊。——我醉了！

伊阿古：朋友，一个人有时候多喝了几杯，也是免不了的。让我告诉你一个办法。我们主帅的夫人现在是我们真正的主帅；我可以这样说，因为他心里只念着她的好处，眼睛里只看见她的可爱。你只要在她面前坦白忏悔，恳求恳求她，她一定会帮助你官复原职。她的性情是那么慷慨仁慈，那么体贴人心，人家请她出十分力，她要是没有出到十二分，就觉得好像对不起人似的。你请她替你弥缝弥缝你跟她的丈夫之间的这一道裂痕，我可以拿我的全部财产打赌,你们的交情一定会反而因此格外加强的。

凯西奥：你的主意出得很好。

伊阿古：我发誓这一种意思完全出于一片诚心。

凯西奥：我充分信任你的善意,明天一早我就请求贤德的苔丝狄蒙娜替我尽力说情。要是我在这儿给他们革退了,我的前途也就从此毁了。

伊阿古：你说得对。晚安,副将,我还要守夜去呢。

凯西奥：晚安,正直的伊阿古！（下）

伊阿古：谁说我作事奸恶？我贡献给他的这番意见,不是光明正大,很合理,而且的确是挽回这摩尔人的心意的最好办法吗？只要是正当的请求,苔丝狄蒙娜总是有求必应的；她的为人是再慷慨再热心不过的了。至于叫她去说动这摩尔人,更是不费吹灰之力；他的灵魂已经完全成为她的爱情的俘虏,无论她要做什么事,或是把已经做成的事重新推翻,即使叫他抛弃他的信仰和一切得救的希望,他也会唯命是从,让她的好恶主宰他的无力反抗的身心。我既然向凯西奥指示了这一条对他有利的方策,谁还能说我是个恶人呢？人面蛇心的鬼魅！恶魔往往用神圣的外表,引诱世人干最恶的罪行,正像我现在所用的手段一样；因为当这个老实的呆子恳求苔丝狄蒙娜为他转圜,当她竭力在那摩尔人面前替他说情的时候,我就要用毒药灌进那摩尔人的耳中，说是她所以要运动凯西奥复职，只是为了恋奸情热的缘故。这样她越是忠于所托，越是会加强那摩尔人的猜疑；我就利用她的善良的心肠污毁她的名誉，让他们一个个都落进了我的罗网之中。

【罗德利哥重上。

伊阿古：啊，罗德利哥！

罗德利哥：我在这儿给你们驱来赶去，不像一头追寻狐兔的猎狗，倒像是替你们凑凑热闹的。我的钱也差不多花光了，今夜我还挨了一顿痛打；我想这番教训，大概就是我费去不少辛苦换来的代价了。现在我的钱囊已经空空如也，我的头脑里总算增加了一点智慧，我要回到威尼斯去了。

伊阿古：没有耐性的人是多么可怜！什么伤口不是慢慢儿平复起来的？你知道我们干事情全赖计谋，并不是用的魔法；用计谋就必须等待时机成熟。一切进行得不是很顺利吗？凯西奥固然把你打了一顿，可是你受了一点小小的痛苦，已经使凯西奥把官职都丢了。虽然在太阳光底下，各种草木都欣欣向荣，可是最先开花的果子总是最先成熟。你安心点儿吧。哎哟，天已经亮啦；又是喝酒，又是打架，闹哄哄的就让时间飞快过去了。你去吧，回到你的宿舍里去。去吧，有什么消息我再来告诉你。去吧。（罗德利哥下）我还要做两件事情：第一是叫我的妻子在她的女主人面前替凯西奥说两句好话；同时我就去设法把那摩尔人骗一骗开,等到凯西奥去向他的妻子请求的时候,再让他亲眼看见这幕把戏。好,言之有理,不要迁延不决,耽误了锦囊妙计。(下)

第三幕

第一场　塞浦路斯。城堡前

【凯西奥及若干乐工上。

凯西奥：列位朋友，就在这儿奏起来吧，我会酬劳你们的。奏一支简短一些的乐曲，敬祝我们的主帅晨安。（众乐工奏乐）

【小丑上。

小丑：怎么，诸位，你们的家伙是不是都逛过那不勒斯的风流窟啊？要不怎么都这样嗡嗡咙咙地用鼻音说话？

乐工甲：大哥，这话怎么说？

小丑：敢问大哥，你们的家伙都是管乐器吗？

乐工甲：不错，大哥。

小丑：啊，难怪下面都长了那么个玩艺儿。

乐工甲：那儿长了个什么玩艺儿，大哥？

小丑：我知道的好多管乐器上都长了那么个玩艺儿。可是列位朋友，这儿是赏给你们的钱；将军非常喜欢你们的音乐，他请求你们千万不要再奏下去了。

乐工甲： 好，大哥，那么我们不奏了。

小丑： 要是你们会奏听不见的音乐，请奏起来吧；可是正像人家说的，将军对于听音乐这件事不大感到兴趣。

乐工甲： 我们不会奏那样的音乐。

小丑： 那么把你们的笛子藏起来，因为我要去了，去融化在空气里了。去！（乐工等下）

凯西奥： 你听不听见，我的好朋友？

小丑： 不，我没有听见您的好朋友，我只听见您。

凯西奥： 少说笑话。这一块小小的金币你拿了去，要是伺候将军夫人的那位奶奶已经起身，你就告诉她有一个凯西奥请她出来说话。你肯不肯？

小丑： 她已经起身了，先生，要是她愿意出来，我就告诉她。

凯西奥： 谢谢你，我的好朋友。（小丑下）

【伊阿古上。

凯西奥： 来得正好，伊阿古。

伊阿古： 你还没有上过床吗？

凯西奥： 没有，我们分手的时候，天早就亮了。伊阿古，我已经大胆叫人去请你的妻子出来，我想请她替我设法见一见贤德的苔丝狄蒙娜。

伊阿古： 我去叫她立刻出来见你。我还要想一个法子把那摩尔人调开,好让你们谈话方便一些。

凯西奥:多谢你的好意。(伊阿古下)我从来没有认识过一个比他更善良正直的佛罗伦萨人。

【爱米利娅上。

爱米利娅:早安,副将!听说您误触主帅之怒,真是一件令人懊恼的事;可是一切就会转祸为福的。将军和他的夫人正在谈起此事,夫人竭力替您辩白,摩尔人说,被您伤害的那个人,在塞浦路斯是很有名誉很有势力的,为了避免受人非难起见,他不得不把您斥革;可是他说他很喜欢您,即使没有别人替您说情,他也会留心着一有适当的机会,就让您恢复原职的。

凯西奥:可是我还要请求您一件事;要是您认为没有妨碍或是可以办得到的话,请您设法让我独自见一见苔丝狄蒙娜,跟她做一次简短的谈话。

爱米利娅:请您进来吧,我可以带您到一处能让您从容吐露您的心曲的所在。

凯西奥:那真使我感激万分。(同下)

第二场　城堡中一室

【奥赛罗、伊阿古及绅士等上。

奥赛罗： 伊阿古，这几封信你拿去交给舵师，叫他回去替我呈上元老院。我就在堡垒上走走；你把事情办好以后，就到那边来见我。

伊阿古： 是，主帅，我就去。

奥赛罗： 各位，我们要不要去看看这儿的防务？

众人： 我们愿意奉陪。（各下）

第三场　城堡前

【苔丝狄蒙娜、凯西奥及爱米利娅上。

苔丝狄蒙娜： 好凯西奥，你放心吧，我一定尽力替你说情就是了。

爱米利娅： 好夫人，请您千万出力。不瞒您说，我的丈夫为了这件事情，也懊恼得不得了，就像是他自己身上的事情一般。

苔丝狄蒙娜：啊！你的丈夫是一个好人。放心吧，凯西奥，我一定会设法使我的丈夫对你恢复原来的友谊。

凯西奥：大恩大德的夫人，无论迈克尔·凯西奥将来会有什么成就，他永远是您的忠实的仆人。

苔丝狄蒙娜：我知道，我感谢你的好意。你爱我的丈夫，你又是他的多年的知交，放心吧，他除了表面上因为避免嫌疑而对你略示疏远以外，决不会真的对你见外的。

凯西奥：您说得很对，夫人，可是避嫌这一个权宜之计可能因为什么细故或偶然事件而拖很长时间。我现在又失去了在帐下供奔走的机会，日久之后，有人代替了我的地位，恐怕主帅就要把我的忠诚和微劳一起忘记了。

苔丝狄蒙娜：那你不用担心，当着爱米利娅的面，我保证你一定可以恢复原职。请你相信我，要是我发誓帮助一个朋友，我一定会帮助他到底。我的丈夫将要不得安息，无论睡觉吃饭的时候，我都要在他耳旁聒噪；无论他干什么事，我都要插进嘴去替凯西奥说情。所以高兴起来吧，凯西奥，因为你的辩护人是宁死不愿放弃你的权益的。

【奥赛罗及伊阿古自远处上。

爱米利娅：夫人，将军来了。

凯西奥：夫人，我告辞了。

苔丝狄蒙娜： 啊，等一等，听我说。

凯西奥： 夫人，改日再谈吧；我现在心里很不自在，见了主帅恐怕反多不便。

苔丝狄蒙娜： 好，随您的便。（凯西奥下）

伊阿古： 嘿！我不欢喜那种样子。

奥赛罗： 你说什么？

伊阿古： 没有什么，主帅，要是——我不知道。

奥赛罗： 那从我妻子身边走开去的，不是凯西奥吗？

伊阿古： 凯西奥，主帅？不，我想他一定不会看见您来了，就好像做了什么亏心事似的偷偷溜走的。

奥赛罗： 我相信是他。

苔丝狄蒙娜： 啊，我的主！刚才有人在这儿向我请托，他因为失去了您的欢心，非常抑郁不快呢。

奥赛罗： 你说的是什么人？

苔丝狄蒙娜： 就是您的副将凯西奥呀。我的好夫君，要是我还有几分面子，或是几分可以左右您的力量，请您立刻对他恢复原来的恩宠吧；因为他倘不是一个真心爱您的人，他的过失倘不是无心而是有意的，那么我就是看错了人啦。请您叫他回来吧。

奥赛罗： 他刚才从这儿走开去吗？

苔丝狄蒙娜： 嗯，是的，他是那样满含着羞愧，使我也不禁对他感到同情的悲哀。爱人，叫他回来吧。

奥赛罗：现在不必，亲爱的苔丝狄蒙娜，慢慢儿再说吧。

苔丝狄蒙娜：可是那不会太久吗？

奥赛罗：亲爱的，为了你的缘故，我叫他早一点复职就是了。

苔丝狄蒙娜：能不能在今天晚餐的时候？

奥赛罗：不，今晚可不能。

苔丝狄蒙娜：那么明天午餐的时候？

奥赛罗：明天我不在家里午餐，我要跟将领们在营中会面。

苔丝狄蒙娜：那么明天晚上吧，或者星期二早上，星期二中午、晚上，星期三早上，随您指定一个时间，可是不要超过三天以上。他对于自己的行为不检，的确非常悔恨；固然在这种战争的时期，地位较高的人必须以身作则，可是照我们平常的眼光看来，他的过失实在是微乎其微的。什么时候让他来？告诉我，奥赛罗。要是您有什么事情要求我，我想我决不会拒绝您，或是这样吞吞吐吐的。什么！迈克尔·凯西奥，您向我求婚的时候，是他陪着您来的；好多次我表示对您不满意的时候，他总是为您辩护；现在我请您把他重新叙用。却会这样为难！相信我，我可以——

奥赛罗：好了，不要说下去了。让他随便什么时候来吧。你要什么我总不愿拒绝的。

苔丝狄蒙娜：这并不是一个恩惠，就好像我请求您戴上您的手套，劝您吃些富于营养的菜肴，穿些温暖的衣服，或是叫您做一件对您自己有益的事情一样。不，要是我真的向您提出什么要求，来试探试探您的爱情，那一定要是一件非常棘手而难以应允的事。

奥赛罗：我什么都不愿拒绝你，可是现在你必须答应暂时离开我一会儿。

苔丝狄蒙娜：我会拒绝您的要求吗？不。再会，我的主。

奥赛罗：再会，我的苔丝狄蒙娜，我马上就来看你。

苔丝狄蒙娜：爱米利娅，来吧。您爱怎么样就怎么样，我总是服从您的。（苔丝狄蒙娜、爱米利娅同下）

奥赛罗：可爱的女人！要是我不爱你，让我的灵魂永堕地狱！当我不爱你的时候，世界也要复归于混沌了。

伊阿古：尊贵的主帅——

奥赛罗：你说什么，伊阿古？

伊阿古：当您向夫人求婚的时候，迈克尔·凯西奥也知道你们的恋爱吗？

奥赛罗：他从头到尾都知道。你为什么问起？

伊阿古：不过是为了解我心头的一个疑惑，并没有其他的用意。

奥赛罗：你有什么疑惑，伊阿古？

伊阿古：我以为他本来跟夫人是不相识的。

奥赛罗：啊，不，他常常在我们两人之间传递消息。

伊阿古：当真？

奥赛罗：当真！嗯，当真。你觉得有什么不对吗？他这人不老实吗？

伊阿古：老实，我的主帅？

奥赛罗：老实！嗯，老实。

伊阿古：主帅，照我所知道的——

奥赛罗：你有什么意见？

伊阿古：意见，我的主帅！

奥赛罗：意见，我的主帅！天哪，他在学我的舌，好像在他的思想之中，藏着什么丑恶得不可见人的怪物似的。你的话里含着意思。刚才凯西奥离开我的妻子的时候，我听见你说，你不欢喜那种样子；你不欢喜什么样子呢？当我告诉你在我求婚的全部过程中，他都参预我们的秘密的时候，你又喊着说，"当真！"蹙紧了你的眉头，好像在把一个可怕的思想关锁在你的脑筋里一样。要是你爱我，把你所想到的事告诉我吧。

伊阿古：主帅，您知道我是爱您的。

奥赛罗：我相信你的话，因为我知道你是一个忠爱正直的人，从来不让一句没有忖度过的话轻易出口，所以你这种吞吞吐吐的口气格外使我惊疑。在一个奸诈的小人，这些不过是一套玩惯了的戏法；可是在一个正人君子，那就是从心底里不知不觉自然流露出来的秘密的抗议。

伊阿古：讲到迈克尔·凯西奥，我敢发誓我相信他是忠实的。

奥赛罗：我也是这样想。

伊阿古：人们的内心应该跟他们的外表一致，有的人却不是这样；要是他们能够脱下了假面，那就好了！

奥赛罗：不错，人们的内心应该跟他们的外表一致。

伊阿古：所以我想凯西奥是个忠实的人。

奥赛罗：不，我看你还有一些别的意思。请你老老实实把你的思想告诉我，尽管用最坏的字眼，说出你所想到的最坏的事情。

伊阿古：我的好主帅，请原谅我，凡是我名分上应尽的责任，我当然不敢躲避，可是您不能勉强我做那一切奴隶们也没有那种义务的事。吐露我的思想？也许它们是邪恶而卑劣的，哪一座庄严的宫殿里，不会有时被下贱的东西闯入呢？哪一个人的心胸这样纯洁，没有一些污秽的念头和正大的思想分庭抗礼呢？

奥赛罗：伊阿古，要是你以为你的朋友受人欺侮了，可是却不让他知道你的思想，这不成了合谋卖友了吗？

伊阿古：也许我是以小人之腹度君子之心，因为我是一个秉性多疑的人，常常会无中生有，错怪了人家；所以请您还是不要把我的无稽的猜测放在心上，更不要因为我的胡乱的妄言而自寻烦恼。要是我让您知道了我的思想，一则将会破坏您的安静，对您没有什么好处。二则那会影响我的人格，对我也是一件不智之举。

奥赛罗：你的话是什么意思？

伊阿古：我的好主帅，无论男人女人，名誉是他们灵魂里面最切身的珍宝。谁偷窃我的钱囊的,不过偷窃到一些废物,一些虚无的东西,它只是从我的手里转到他的手里,而它也曾做过千万人的奴隶;可是谁偷了我的名誉,那么他虽然并不因此而富足,我却因为失去它而成为赤贫了。

奥赛罗:凭着上天起誓,我一定要知道你的思想。

伊阿古:即使我的心在您的手里,您也不能知道我的思想。当它还在我的保管之下,我更不能让您知道。

奥赛罗:嘿!

伊阿古:啊,主帅,您要留心嫉妒啊!那是一个绿眼的妖魔,谁做了它的牺牲,就要受它的玩弄。本来并不爱他的妻子的那种丈夫,虽然明知被他的妻子欺骗,算来还是幸福的;可是,啊!一方面那样痴心疼爱,一方面又是那样满腹狐疑,这才是活活的受罪!

奥赛罗:啊,难堪的痛苦!

伊阿古:贫穷而知足,可以赛过富有;有钱的人要是时时刻刻都在担心他会有一天变成穷人,那么即使他有无限的资财,实际上也像冬天一样贫困。天啊,保佑我们不要嫉妒吧!

奥赛罗:咦,这是什么意思?你以为我会在嫉妒里消磨我的一生,随着每一次月亮的变化,发生一次新的猜疑吗?不,我有一天感到怀疑,就要把它立刻解决。要是我会让这种捕风捉影的推测支配我的心灵,像你所暗示的那样,我就是一头愚蠢的山羊。

谁说我的妻子貌美多姿、爱好交际、口才敏慧、能歌善舞，又能弹一手好琴，决不会使我嫉妒；对于一个贤淑的女子，这些是锦上添花的美妙的外饰。我也绝不因为我自己的缺点而担心她会背叛我；她倘不是独具慧眼，决不会选中我的。不，伊阿古，我在没有亲眼看到以前，决不妄起猜疑；当我感到怀疑的时候，我就要把它证实；果然有了确实的证据，我就一了百了，让爱情和嫉妒同时毁灭。

伊阿古：您这番话使我听了很是高兴，因为我现在可以用更坦白的精神，向您披露我的忠爱之忱了。我还不能给您确实的证据。注意尊夫人的行动；留心观察她对凯西奥的态度；用冷静的眼光看着他们，不要一味多心，也不要过于大意。我不愿您的慷慨豪迈的天性被人欺罔；留心着吧。我知道我们国家的娘儿们的脾气；在威尼斯她们背着丈夫干的风流活剧，是不瞒天地的；她们可以不顾羞耻，干她们所要干的事，只要不让丈夫知道，就可以问心无愧。

奥赛罗：你真的这样说吗？

伊阿古：她当初跟您结婚，曾经骗过她的父亲；当她好像对您的容貌颤栗畏惧的时候，她的心里却在热烈地爱着它。

奥赛罗：她正是这样。

伊阿古：好，她这样小小的年纪，就有这般能耐，做作得不露一丝破绽，把她父亲的眼睛完全遮掩过去，使他疑心您用妖术把她骗走。——可是我不该说这种话。请您原谅我对您的过分的忠心吧。

奥赛罗：我永远感激你的好意。

伊阿古：我看这件事情有点儿扫了您的兴致。

奥赛罗：一点不，一点不。

伊阿古：真的，我怕您在气恼啦。我希望您把我这番话当作善意的警戒。可是我看您真的在动怒啦。我必须请求您不要因为我这么说了，就武断地下了结论；不过是一点嫌疑，还不能就认为事实哩。

奥赛罗：我不会的。

伊阿古：您要是这样，主帅，那么我的话就要引起不幸的后果，完全违反我的本意了。凯西奥是我的好朋友——主帅，我看您在动怒啦。

奥赛罗：不，并不怎么动怒。我想苔丝狄蒙娜是贞洁的。

伊阿古：但愿她永远如此！但愿您永远这样想！

奥赛罗：可是一个人往往容易迷失本性——

伊阿古：嗯，问题就在这儿。说句大胆的话，当初多少跟她同国族、同肤色、同阶级的人向她求婚，她都置之不理，这明明是违反常情的举动。嘿！从这儿就可以看到一个荒唐的意志、乖僻的习性和不近人情的思想。可是原谅我，我不一定指着她说话；虽然我恐怕她因为一时的孟浪跟随了您，也许后来会觉得您在

205

各方面不能符合她自己国中的标准而懊悔她的选择的错误。

奥赛罗：再会，再会。要是你还观察到什么事，请让我知道；叫你的妻子留心察看。离开我，伊阿古。

伊阿古：（欲去）主帅，我告辞了。

奥赛罗：我为什么要结婚呢？这个诚实的汉子所看到所知道的事情，一定比他向我宣布出来的多得多。

伊阿古：（回转）主帅，我想请您最好把这件事情搁一搁，慢慢儿再看吧。凯西奥虽然应该让他复职，因为他对于这一个职位是非常胜任的；可是您要是愿意对他暂时延宕一下，就可以借此窥探他的真相，看他钻的是哪一条门路。您只要注意尊夫人在您面前是不是着力替他说情；从那上头就可以看出不少情事。现在请您只把我的意见认作无谓的过虑——我相信我的确太多疑了——仍旧把尊夫人看成一个清白无罪的人。

奥赛罗：你放心吧，我不会失去自制的。

伊阿古：那么我告辞了。（下）

奥赛罗：这是一个非常诚实的家伙，对于人情世故是再熟悉不过的了。要是我能够证明她是一头没有驯伏的野鹰，虽然我用自己的心弦把她系住，我也要放她随风远去，追寻她自己的命运。也许因为我生得黑丑，缺少绅士们温柔风雅的谈吐，也许因为我年纪老了点儿——虽然还不算顶老——所以她才会背叛我；我已经自取其辱，只好割断对她这一段痴情。啊，结婚的烦恼！

我们可以在名义上把这些可爱的人儿称为我们所有，却不能支配她们的爱憎喜恶；我宁愿做一只蛤蟆，呼吸牢室中的浊气，也不愿占住了自己心爱之物的一角，让别人把它享用。可是那是富贵者也不能幸免的灾祸，他们并不比贫贱者享有更多的特权；那是像死一样不可逃避的命运，我们一生下来就已经在冥冥中注定了的。瞧！她来了。倘然她是不贞的，啊！那么上天在开自己的玩笑了。我不信。

【苔丝狄蒙娜、爱米利娅重上。

苔丝狄蒙娜：啊，我的亲爱的奥赛罗！您所宴请的那些岛上的贵人们都在等着您去入席哩。

奥赛罗：是我失礼了。

苔丝狄蒙娜：您怎么说话这样没有劲？您不大舒服吗？

奥赛罗：我有点儿头痛。

苔丝狄蒙娜：那一定是为了少睡的缘故，不要紧的，让我替您绑紧了，一小时内就可以痊愈。

奥赛罗：你的手帕太小了。（苔丝狄蒙娜手帕坠地）随它去。来，我跟你一块儿进去。

苔丝狄蒙娜：您身子不舒服，我很懊恼。（奥赛罗、苔丝狄蒙娜下）

爱米利娅：我很高兴我拾到了这方手帕，这是她从那摩尔人手里第一次得到的礼物。我那古怪的丈夫向我说过了不知多少好话，要我把它偷了来；可是她非常喜欢这玩意儿，因为他叫她永远保存，不许遗失，所以她随时带在身边，一个人的时候就拿出来把它亲吻，对它说话。我要去把那花样描下来，再把它送给伊阿古；究竟他拿去有什么用，天才知道，我可不知道。我只不过为了讨他的欢喜。

【伊阿古重上。

伊阿古：啊！你一个人在这儿干什么？

爱米利娅：不要骂，我有一件好东西给你。

伊阿古：一件好东西给我？一件不值钱的东西——

爱米利娅：嘿！

伊阿古：娶了一个愚蠢的老婆。

爱米利娅：啊！当真？要是我现在把那方手帕给了你，你给我什么东西？

伊阿古：什么手帕？

爱米利娅：什么手帕！就是那摩尔人第一次送给苔丝狄蒙娜，你老是叫我偷了来的那方手帕呀。

伊阿古：已经偷来了吗？

爱米利娅：不，不瞒你说，她自己不小心掉了下来，我正在旁边，趁此机会就把它拾起来了。瞧，这不是吗？

伊阿古：好婆娘，给我。

爱米利娅：你一定要我偷了它来，究竟有什么用？

伊阿古：哼，那干你什么事？（夺帕）

爱米利娅：要是没有重要的用途，还是把它还了我吧。可怜的夫人！她失去这方手帕，准要发疯了。

伊阿古：不要说出来，我自有用处。去，离开我。（爱米利娅下）我要把这手帕丢在凯西奥的寓所里，让他找到它。像空气一样轻的小事，对于一个嫉妒的人，也会变成天书一样坚强的确证；也许这就可以引起一场是非。这摩尔人为我的毒药所中，他的心理上已经发生变化了；危险的思想本来就是一种毒药，虽然在开始的时候尝不到什么苦涩的味道，可是渐渐在血液里活动起来，就会像火山一样轰然爆发。

【奥赛罗重上。

伊阿古：我已经说过了，瞧，他又来了！罂粟，曼陀罗，或是世上一切使人昏迷的药草，都不能使你得到昨天晚上你还安然享受的酣眠。

奥赛罗：嘿！嘿！对我不贞？

伊阿古：啊，怎么，主帅！别老是想着那件事啦。

奥赛罗：去！滚开！你害得我好苦。与其知道得不明不白，还是糊里糊涂受人家欺弄的好。

伊阿古：怎么，主帅！

奥赛罗：她瞒着我跟人家私通，我不是一无知觉的吗？我没有看见，没有想到，它对我漠不相干；到了晚上，我还是睡得好好的，逍遥自得，无忧无虑，在她的嘴唇上找不到凯西奥吻过的痕迹。

被盗的人要是不知道偷儿盗去了他什么东西,他就是等于没有被盗一样。

伊阿古: 我很抱歉听见您说这样的话。

奥赛罗: 要是全营的将士,从最低微的工兵起,都曾领略过她的肉体的美趣,只要我一无所知,我还是快乐的。啊!从今以后,永别了,宁静的心绪!永别了,平和的幸福!永别了,威武的大军、激发壮志的战争!啊,永别了!永别了,长嘶的骏马、锐厉的号角、惊魂的鼙鼓、刺耳的横笛、庄严的大旗和一切战阵上的威仪!还有你,杀人的巨炮啊,你的残暴的喉管里摹仿着天神乔武的怒吼,永别了!奥赛罗的事业已经完毕。

伊阿古: 难道一至于此吗,主帅?

奥赛罗: 恶人,你必须证明我的爱人是一个淫妇,(掐住伊阿古的喉咙)你必须给我目击的证据;否则凭着人类永生的灵魂起誓,我的激起了的怒火将要喷射在你的身上,使你悔恨自己当初不曾投胎做一条狗!

伊阿古: 竟会到了这样的地步吗?

奥赛罗: 让我亲眼看见这种事实,或者至少给我无可置疑的切实的证据,否则我要活活取你的命!

伊阿古: 尊贵的主帅——

奥赛罗: 你要是故意捏造谣言,毁坏她的名誉,使我受到难堪的痛苦,那么你再不要祈祷吧;放弃一切恻隐之心,让各种可怕的罪恶丛集于你的一身,尽管做一些使上天悲泣、使人世惊愕的暴行吧,因为你现在已经罪大恶极,没有什么可以使你在地狱里沉沦得更深了。

伊阿古:天啊!您是一个汉子吗?您有灵魂吗?您有知觉吗?上帝和您同在!我也不要做这捞什子的旗官了。啊,倒霉的傻瓜!你以为自己是个老实人,人家却把你的老实当作了罪恶!啊,丑恶的世界!注意,注意,世人啊!说老实话,做老实人,是一件危险的事哩。谢谢您给我这一个有益的教训;既然善意反而遭人嗔怪,从此以后,我再也不对什么朋友掬献我的真情了。

奥赛罗:不,且慢,你应该做一个老实的人。

伊阿古:我应该做一个聪明人;因为老实人就是傻瓜,虽然一片好心,结果还是不能取信于人。

奥赛罗:我想我的妻子是贞洁的,可是又疑心她不大贞洁;我想你是诚实的,可是又疑心你不大诚实。我一定要得到一些证据。她的名誉本来是像狄安娜的容颜一样皎洁的,现在已经染上污垢,像我自己的脸庞一样黝黑了。要是这儿有绳子、刀子、毒药、火焰或是使人窒息的河水,我一定不能忍受下去。但愿我能够扫空这一块疑团!

伊阿古:主帅,我看您完全被感情所支配了。我很后悔不该惹起您的疑心。那么您愿意知道究竟吗?

奥赛罗:愿意!嘿,我一定要知道。

211

伊阿古：那倒是可以的；可是怎样去知道它呢，主帅？您要眼睁睁地当场看她被人按倒在地吗？

奥赛罗：啊！该死该死！

伊阿古：叫他们当场表演，我想很不容易；非要捉奸在床，才收拾他俩，这很不容易。那么怎么样呢？那么又怎么办呢？我应该怎么说呢？怎样才可以拿到真凭实据？即使他们像山羊一样风骚、猴子一样好色、豺狼一样贪淫，即使他们是糊涂透顶的傻瓜，您也看不到他们这一幕把戏。可是我说，有了确凿的线索，就可以探出事实的真相；要是这一类间接的旁证可以替您解除疑惑，那倒是不难得到的。

奥赛罗：给我一个充分的理由，证明她已经失节。

伊阿古：我不喜欢这件差使；可是既然愚蠢的忠心已经把我拉进了这一桩纠纷里去，我也不能再守沉默了。最近我曾经和凯西奥同过榻。我因为牙痛不能入睡；世上有一种人，他们的灵魂是不能保守秘密的，往往会在睡梦之中吐露他们的私事，凯西奥也就是这一种人。我听见他在梦寐中说，"亲爱的苔丝狄蒙娜，我们须要小心，不要让别人窥破了我们的爱情！"于是，主帅，他就紧紧地捏住我的手，嘴里喊，"啊，可爱的人儿！"然后狠狠地吻着我，好像那些吻是长在我的嘴唇上，他恨不得把它们连根拔起一样；然后他又把他的脚搁在我的大腿上，叹一口气，亲一个吻，喊一声"该死的命运，把你给了那摩尔人！"

奥赛罗：啊，可恶！可恶！

伊阿古：不，这不过是他的梦。

奥赛罗：虽然只是一个梦，事情一定是做出来了。

伊阿古：这确实非常可疑；这也许可以进一步证实其他的疑窦。

奥赛罗：我要把她碎尸万段。

伊阿古：不，您不能太鲁莽了。我们还没有看见实际的行动,也许她还是贞洁的。告诉我这一点：您有没有看见过在尊夫人的手里有一方绣着草莓花样的手帕？

奥赛罗：我给过她这样一方手帕，那是我第一次送给她的礼物。

伊阿古：那我不知道,可是今天我看见凯西奥用这样一方手帕抹他的胡子,我相信它一定就是尊夫人的。

奥赛罗：假如就是那一方手帕——

伊阿古：假如就是那一方手帕,或者是她所用过的其他手帕,那么又是一个对她不利的证据了。

奥赛罗：啊,我但愿那家伙有四万条生命！单单让他死一次是发泄不了我的愤怒的。现在我明白这件事情全然是真的了。瞧,伊阿古,我把我的全部痴情向天空中吹散；它已经随风消失了。黑暗的复仇,从你的幽窟之中升起来吧！爱情啊,把你的王冠和你的心灵深处的宝座让给残暴的憎恨吧！膨胀起来吧,我的胸膛,因为你已经满载着毒蛇的螯舌！

伊阿古：请不要发恼。

奥赛罗：啊，血！血！血！

伊阿古：忍耐点儿吧，也许您的意见会改变过来的。

奥赛罗：决不，伊阿古。正像黑海的寒涛滚滚奔流，冲进马尔马拉海，直抵达达尼尔海峡，永远不会后退，我的风驰电掣的流血的思想，在复仇的目的没有充分达到以前，也决不会踟蹰却顾，化为绕指的柔情。（跪）苍天在上，我倘不能报复这奇耻大辱，誓不偷生人世。

伊阿古：且慢起来。（跪）永古炳耀的日月星辰，环抱宇宙的风云雨雾，请你们为我作证：从现在起，伊阿古愿意尽心竭力，为被欺的奥赛罗效劳；无论他叫我做什么残忍的工作，我都唯命是从，当它是一桩善举。

奥赛罗：我不用空口的感谢接受你的好意，为了表示我的诚心的嘉纳，我要请你立刻履行你的诺言：在这三天以内，让我听见你说凯西奥已经不在人世。

伊阿古：我的朋友的死已经决定了，因为这是您的意旨；可是放她活命吧。

奥赛罗：该死的淫妇！啊，咒死她！来，跟我去，我要为这美貌的魔鬼想出一个干脆的死法。现在你是我的副将了。

伊阿古：我永远是您的忠仆。（同下）

第四场 城堡前

【苔丝狄蒙娜、爱米利娅及小丑上。

苔丝狄蒙娜：喂,你知道凯西奥副将家在哪儿吗?

小丑：我可不敢说他"假"在哪儿。

苔丝狄蒙娜：为什么?

小丑：他一个军人,说军人"假",还不得挨他一刀。

苔丝狄蒙娜：行了!他住在哪儿?

小丑：我要告诉你他住哪儿,我就露出我"假"在哪儿了。

苔丝狄蒙娜：没头没脑的,什么意思?

小丑：我就不知道他住在哪儿。要是乱安排一个地方,说他"假"在这儿,"假"在那儿,那就是存心说"假"话了。

苔丝狄蒙娜：你可以打听打听他在什么地方呀。

小丑：好,我就去到处打听人家,就是盘问人家,看他们怎么回答我。

苔丝狄蒙娜：找到了他,你就叫他到这儿来,对他说我已经替他在将军面前说过情了,大概可以得到圆满的结果。

小丑：干这件事是一个人的智力所能及的,所以我愿意去干它一

下。(下)

苔丝狄蒙娜：我究竟在什么地方掉了那方手帕呢，爱米利娅？

爱米利娅：我不知道，夫人。

苔丝狄蒙娜：相信我，我宁愿失去我的一袋金币。倘然我的摩尔人不是这样一个光明磊落的汉子，倘然他也像那些多疑善妒的卑鄙男人一样，这是很可能引起他的疑心的。

爱米利娅：他不会嫉妒吗？

苔丝狄蒙娜：谁！他？我想在他生长的地方，那灼热的阳光已经把这种气质完全从他身上吸去了。

爱米利娅：瞧！他来了。

苔丝狄蒙娜：我在他没有跟凯西奥当面谈话以前，决不离开他一步。

【奥赛罗上。

苔丝狄蒙娜：您好吗，我的主？

奥赛罗：好，我的好夫人。(旁白)啊，装假脸真不容易！——你好，苔丝狄蒙娜？

苔丝狄蒙娜：我好，我的好夫君。

奥赛罗：把你的手给我。这手很潮润呢，我的夫人。

苔丝狄蒙娜：它还没有感到老年的侵袭，没有受过忧伤的损害。

奥赛罗：这一只手表明它的主人是多育子女而心肠慷慨的；这么热，这么潮。奉劝夫人努力克制邪心，常常斋戒祷告，反身自责，礼拜神明，因为这儿有一个年少风流的魔鬼，惯会在人们血液里捣乱。这是一只好手，一只很慷慨的手。

苔丝狄蒙娜：您真的可以这样说，因为就是这一只手把我的心献给您的。

奥赛罗：一只慷慨的手。从前的姑娘把手给人，同时把心也一起给了他；现在时世变了，得到一位姑娘的手的，不一定能够得到她的心。

苔丝狄蒙娜：这种话我不会说。来，您答应我的事怎么样啦？

奥赛罗：我答应你什么，乖乖？

苔丝狄蒙娜：我已经叫人去请凯西奥来跟您谈谈了。

奥赛罗：我的眼睛有些胀痛，老是淌着眼泪。把你的手帕借给我用一用。

苔丝狄蒙娜：这儿，我的主。

奥赛罗：我给你的那一方呢？

苔丝狄蒙娜：我没有带在身边。

奥赛罗：没有带？

苔丝狄蒙娜：真的没有带，我的主。

奥赛罗：那你可错了。那方手帕是一个埃及女人送给我的母亲的；她是一个能够洞察人心的女巫，她对我的母亲说，当她保存着这方手帕的时候，它可以使她得到我的父亲的欢心，享受专房的爱宠，可是她要是失去了它，或是把它送给旁人，我的父亲就要对她发生憎厌，他的心就要另觅新欢了。她在临死的时候把它传给我，叫我有了妻子以后，就把它交给新妇。我遵照她的盼咐给了你，所以你必须格外小心，珍惜它像珍惜你自己宝贵的眼睛一样；万一失去了，或是送给别人，那就难免遭到一场无比的灾祸。

苔丝狄蒙娜：真会有这种事吗？

奥赛罗：真的，这一方小小的手帕，却有神奇的魔力织在里面：它是一个二百岁的神巫在一阵心血来潮的时候缝就的；它那一缕缕的丝线，也不是世间的凡蚕所吐；织成以后，它曾经在用处女的心炼成的丹液里浸过。

苔丝狄蒙娜：当真！这是真的吗？

奥赛罗：绝对的真实，所以留心藏好它吧。

苔丝狄蒙娜：上帝啊，但愿我从来没有见过它！

奥赛罗：嘿！为什么？

苔丝狄蒙娜：您为什么说得这样暴躁？

奥赛罗：它已经失去了吗？不见了吗？说，它是不是已经丢了？

苔丝狄蒙娜：上天保佑我们！

奥赛罗：你说。

苔丝狄蒙娜：它没有失去；可是要是失去了，那可怎么样呢？

奥赛罗：怎么！

苔丝狄蒙娜：我说它没有失去。

奥赛罗：去把它拿来给我看。

苔丝狄蒙娜：我可以去把它拿来，可是现在我不高兴。这是一个诡计，要想把我的要求赖了过去。请您把凯西奥重新录用了吧。

奥赛罗：给我把那手帕拿来。我疑心起来了。

苔丝狄蒙娜：得啦，得啦，您再也找不到一个比他更能干的人。

奥赛罗：手帕！

苔丝狄蒙娜：请您还是跟我谈谈凯西奥的事情吧。

奥赛罗：手帕！

苔丝狄蒙娜：他一向受您的眷爱，跟着您同甘共苦，历尽艰辛——

奥赛罗：手帕！

苔丝狄蒙娜：凭良心说，您也太不该。

奥赛罗：去！（下）

爱米利娅：这个人在嫉妒吗？

苔丝狄蒙娜：我从来没有见过他像这样子。这手帕一定有些不可思议的魔力，我真倒霉把它丢了。

爱米利娅：好的男人一两年里头也难得碰见一个。男人是一只胃，我们是一块肉；他们贪婪地把我们吞下去，吃饱了，就把我们呕出来。您瞧！凯西奥跟我的丈夫来啦。

【伊阿古及凯西奥上。

伊阿古：没有别的法子，只好央求她出力。瞧！好运气！去求求她吧。

苔丝狄蒙娜：啊，好凯西奥！您有什么见教？

凯西奥：夫人，我还是要向您重提我原来的请求，希望您发挥鼎力，让我重做一个人，能够在我所尊敬的主帅麾下再邀恩眷。我不能这样延宕下去了。假如我果然罪大恶极，无论过去的微劳、现在的悔恨，或是将来立功自赎的决心，都不能博取他的矜怜宽谅，那么我也希望得到一个明白的答复，我就死心塌地，向别处去乞讨命运的布施了。

苔丝狄蒙娜：唉，善良的凯西奥！我的话已经变成刺耳的烦渎了；我的丈夫已经不是我的丈夫，要是他的面貌也像他的脾气一样改变，我简直要不认识他了。愿神灵保佑我！我已经尽力替您说话；为了我的言辞的戆拙，我已经遭到他的憎怒。您必须暂时忍守，只要是我力量所及的事，我都愿意为您一试；请您相信我，倘然那是我自己的事情，我也不会这样热心的。

伊阿古：主帅发怒了吗？

爱米利娅：他刚才从这儿走开去，他的神气暴躁异常。

伊阿古：他会发怒吗？我曾经看见大炮冲散他的队伍，像魔鬼一样把他的兄弟从他身边轰掉，他仍旧不动声色。他也会发怒吗？那么一定出了什么重大的事情啦。我要去看看他。他要是发怒，一定有些缘故。

苔丝狄蒙娜：请你就去吧。（伊阿古下）一定是什么国家大事，或是他在这儿塞浦路斯发现了什么秘密的阴谋，扰乱了他的清明的神志。人们在这种情形之下,往往会为了一点点小事而生气,虽然实际激怒他们的却是其他更大的原因。正是这样,我们一个指头疼痛的时候,全身都会觉得难受。我们不能把男人当作完善的天神,也不能希望他们永远像新婚之夜那样殷勤体贴。爱米利娅,我真该死,会在心里抱怨他的无情。现在我才觉悟我是错怪他了。

爱米利娅:谢天谢地,但愿果然像您所想的,是为了些国家的事情,不是因为对您起了疑心。

苔丝狄蒙娜:唉!我从来没有给过他一些可以使他怀疑的理由。

爱米利娅:可是多疑的人是不会因此而满足的。他们往往不是因为有了什么理由而嫉妒,只是为了嫉妒而嫉妒,那是一个凭空而来,自生自长的怪物。

苔丝狄蒙娜:愿上天保佑奥赛罗,不要让这怪物钻进他的心!

爱米利娅:阿门,夫人。

苔丝狄蒙娜:我去找他去。凯西奥,您在这儿走走;要是我看见他可以说话,我会向他提起您的请求,尽力给您转圜就是了。

凯西奥:多谢夫人。(苔丝狄蒙娜、爱米利娅下)

【比恩卡上。

比恩卡:你好,好凯西奥!

凯西奥:你怎么不在家里?你好,我的最娇美的比恩卡?不骗你,亲爱的,我正要到你家里来呢。

比恩卡：我也是要到你的尊寓里去的，凯西奥。怎么！一个星期不来看我？七天七夜！一百六十八个小时！在相思里挨过的时辰，比时钟上是要慢八十倍的。啊，这一笔算不清的糊涂账！

凯西奥：对不起，比恩卡，这几天来我实在心事太重，改日加倍补答你就是了。亲爱的比恩卡，（以苔丝狄蒙娜手帕授比恩卡）替我把这手帕上的花样描下来。

比恩卡：啊，凯西奥！这是什么地方来的？这一定是哪个新相好送给你的礼物；我现在明白你不来看我的缘故了。有这等事吗？好，好。

凯西奥：得啦，女人！把你这种瞎疑心丢还给魔鬼吧。你在吃醋了，你以为这是什么情人送给我的纪念品，不，凭着我的良心发誓，比恩卡。

比恩卡：那么这是谁的？

凯西奥：我不知道，爱人，我在寝室里找到它。那花样我很喜欢，我想趁失主没有来问我讨还以前，把它描了下来。请你拿去给我描一描。现在请你暂时离开我。

比恩卡：离开你！为什么？

凯西奥：我在这儿等候主帅到来，让他看见我有女人陪着，恐怕不大方便。

比恩卡：为什么？我倒要请问。

凯西奥：不是因为我不爱你。

比恩卡：就是因为你不爱我。请你陪我略走一段路,告诉我今天晚上你来不来看我。

凯西奥：我只能陪你略走几步,因为我在这儿等着人,可是我就会来看你的。

比恩卡：那很好,我也不能勉强你。(各下)

第四幕

第一场　塞浦路斯。城堡前

【奥赛罗及伊阿古上。

伊阿古：你难道是这样想的吗？

奥赛罗：这样想什么，伊阿古？

伊阿古：什么！背着人接吻？

奥赛罗：这样的接吻是为礼法所不许的。

伊阿古：脱光了衣服，和她的朋友睡在一床，经过一个多小时，却一点不起邪念？

奥赛罗：伊阿古，脱光衣服睡在床上，还会不起邪念！这明明是对魔鬼的假意矜持；他们的本心是规矩的，可偏是做出了这种勾当；魔鬼欺骗了这两个规规矩矩的人，而他们就去欺骗上天。

伊阿古：要是他们不及于乱，那还不过是一个小小的过失；可是假如我把一方手帕给了我的妻子——

奥赛罗：给了她便怎样？

第四幕　第一场　塞浦路斯。城堡前

伊阿古：啊，主帅，那时候它就是她的东西了；既然是她的东西，我想她可以把它送给无论什么人的。

奥赛罗：她的贞操也是她自己的东西，她也可以把它送给无论什么人吗？

伊阿古：她的贞操是一种看不见摸不着的品质。世上有多少被公认为是有贞操的人其实并不具备贞操的品质，可是讲到那方手帕——

奥赛罗：天哪，我但愿忘记那句话！你说——啊！它笼罩着我的记忆，就像预兆不祥的乌鸦在一座染疫的屋顶上回旋一样——你说我的手帕在他的手里。

伊阿古：是的，在他手里便怎么样？

奥赛罗：那可不大好。

伊阿古：什么！要是我说我看见他干那对不住您的事？或是听见他说——世上尽多那种家伙，他们靠着死命的追求征服了一个女人，或者得到什么情妇的自动的垂青，就禁不住到处向人吹——

奥赛罗：他说过什么话吗？

伊阿古：说过的，主帅，可是您放心吧，他说过的话，他都可以发誓否认的。

奥赛罗：他说过些什么？

伊阿古：他说，他曾经——我不知道他曾经干些什么事。

奥赛罗：什么？什么？

223

伊阿古：跟她睡——

奥赛罗：在一床？

伊阿古：睡在一床，睡在她的身上；随您怎么说吧。

奥赛罗：跟她睡在一床！睡在她的身上！说睡在她身上岂不是诽谤她。该死！岂有此理！手帕——口供——手帕！叫他招供了，再把他吊死。先把他吊起来，然后叫他招供。我一想起就气得发抖。人们总是有了某种感应，阴暗的情绪才会笼罩他的心灵；一两句空洞的说话是不能给我这样大的震动的。呸！磨鼻子，咬耳朵，吮嘴唇。会有这样的事吗？口供！——手帕！——啊，魔鬼！（晕倒）

伊阿古：显出你的效力来吧，我的妙药，显出你的效力来吧！轻信的愚人是这样落进了圈套；许多贞洁贤淑的娘儿们，都是这样蒙上了不白之冤。喂，主帅！主帅！奥赛罗！

【凯西奥上。

伊阿古：啊，凯西奥！

凯西奥：怎么一回事？

伊阿古：咱们大帅发起癫痫来了。这是他第二次发作，昨天他也发过一次。

凯西奥：在他太阳穴上摩擦摩擦。

伊阿古：不，不行，他这种昏迷状态，必须保持安静；要不然的话，他就要嘴里冒出白沫，慢慢儿会发起疯狂来的。瞧！他在动了。

第四幕 第一场 塞浦路斯。城堡前

你暂时走开一下,他就会恢复原状的。等他走了以后,我还有要紧的话儿跟你说。(凯西奥下)怎么啦,主帅?您没有跌痛您的头吗?

奥赛罗: 你在讥笑我吗?

伊阿古: 我讥笑您!不,没有这样的事!我愿您像一个大丈夫似的忍受命运的播弄。

奥赛罗: 顶上了绿头巾,还好算是一个人吗?

伊阿古: 在一座热闹的城市里,这种不好算人的人多着呢。

奥赛罗: 他自己公然承认了吗?

伊阿古: 主帅,您看破一点吧;您只要想一想,哪一个有家室的须眉男子,没有遭到跟您同样命运的可能?世上不知有多少男人,他们的卧榻上容留过无数素昧平生的人,他们自己还满以为这是一块私人的禁地哩。您的情形还不算顶坏。啊!这是最刻毒的恶作剧,魔鬼的最大的玩笑,让一个男人安安心心地搂着一个荡妇亲嘴,还以为她是一个三贞九烈的女人!不,我要睁开眼先看清我自己是个什么东西,我也就看准了该拿她怎么办。

奥赛罗: 啊!你是个聪明人,你说得一点不错。

伊阿古: 现在请您暂时站在一旁,竭力耐住您的怒气。刚才您恼得昏过去的时候,凯西奥曾经到这儿来过;我告诉他您不省人事是因为一时不适,把他打发走了,叫他过一会儿再来跟我谈谈;他已经答应我了。您只要找一处所在躲一躲,就可以看见他满

227

脸得意忘形、冷嘲热讽的神气；因为我要叫他从头叙述他历次跟尊夫人相会的情形，还要问他重温好梦的时间和地点。您留心看看他那副表情吧。可是不要气恼；否则我就要说您一味意气用事，一点没有大丈夫的气概啦。

奥赛罗： 告诉你吧，伊阿古，我会很巧妙地不动声色；可是，你听着，我也会包藏一颗最可怕的杀心。

伊阿古： 那很好，可是什么事都要看准时机。您走远一步吧。（奥赛罗退后）现在我要向凯西奥谈起比恩卡，一个靠着出买风情维持生活的雌儿；她热恋着凯西奥；这也是娼妓们的报应，往往她们迷惑了多少的男子，结果却被一个男人迷昏了心。他一听见她的名字，就会忍不住捧腹大笑。他来了。

【凯西奥重上。

伊阿古： 他一笑起来，奥赛罗就会发疯；可怜的凯西奥的嬉笑的神情和轻狂的举止，在他那充满着无知的嫉妒的心头，一定可以引起严重的误会。——您好，副将？

凯西奥： 我因为丢掉了这个头衔，正在懊恼得要死，你却还要这样称呼我。

伊阿古： 在苔丝狄蒙娜跟前多说几句央求的话，包你原官起用。（低声）要是这件事情换在比恩卡手里，早就不成问题了。

凯西奥： 唉，可怜虫！

奥赛罗： 瞧！他已经在笑起来啦！

第四幕　第一场　塞浦路斯。城堡前

伊阿古：我从来不知道一个女人会这样爱一个男人。

凯西奥：唉，小东西！我看她倒是真的爱我。

奥赛罗：他并不坚决否认，还笑个不停。

伊阿古：你听见吗，凯西奥？

奥赛罗：现在他在要求他宣布经过情形啦。说下去，很好，很好。

伊阿古：她向人家说你将要跟她结婚，你有这个意思吗？

凯西奥：哈哈哈！

奥赛罗：你这样得意吗，好家伙，你这样得意吗？

凯西奥：我跟她结婚！什么？一个买淫妇？对不起，你不要这样看轻我，我还不至于糊涂到这等地步哩。哈哈哈！

奥赛罗：好，好，好，好。得胜的人才会笑逐颜开。

伊阿古：不骗你，人家都在说你将要跟她结婚。

凯西奥：对不起，别说笑话啦。

伊阿古：我要是骗了你，我就是个大大的浑蛋。

凯西奥：一派胡说！她自己一厢情愿，相信我会跟她结婚。我可没有答应她。

奥赛罗：伊阿古在向我打招呼。现在他开始讲他的故事啦。

凯西奥：她刚才还在这儿，她到处缠着我。前天我正在海边上跟几个威尼斯人谈话，那傻东西就来啦，不瞒你说，她这样攀住我的颈项——

奥赛罗：（旁白）叫一声"啊，亲爱的凯西奥！"我可以从他的表情

229

之间猜得出来。

凯西奥：她这样拉住我的衣服，靠在我的怀里，哭个不停，还这样把我拖来拖去，哈哈哈！

奥赛罗：现在他在讲她怎样把他拖到我的寝室里去啦。啊！我看见你的鼻子，可是不知道应该把它丢给那一条狗吃。

凯西奥：好，我只好离开她。

伊阿古：啊！瞧，她来了。

凯西奥：好一头抹香粉的臭猫！

【比恩卡上。

凯西奥：你这样到处盯着我不放，算是什么呀？

比恩卡：让魔鬼跟他的老娘盯着你吧！你刚才给我的那方手帕算是什么意思？我是个大傻瓜，才会把它收了下来。叫我描下那花样！好看的花样真多，居然你在你的寝室里找到它，却不知道谁把它丢在那边！这一定是哪一个贱丫头送给你的东西，却叫我描下它的花样来！拿去，还给你那个相好吧；随你从什么地方得到这方手帕，我可不高兴描下它的花样。

凯西奥：怎么，我的亲爱的比恩卡！怎么啦！怎么啦！

奥赛罗：天哪，那该是我的手帕哩！

比恩卡：今天晚上你要是愿意来吃饭，尽管来吧；要是不愿意来，等你下回有兴致的时候再来吧。（下）

伊阿古：追上去，追上去。

第四幕　第一场　塞浦路斯。城堡前

凯西奥：真的，我必须追上去，否则她会沿街骂人的。

伊阿古：你预备到她家里去吃饭吗？

凯西奥：是的，我想去。

伊阿古：好，也许我会再碰见你，因为我很想跟你谈谈。

凯西奥：请你一定来吧。

伊阿古：得了，别多说啦。（凯西奥下）

奥赛罗：（趋前）伊阿古，我应该怎样杀死他？

伊阿古：您看见他一听到人家提起他的丑事，就笑得多么高兴吗？

奥赛罗：啊，伊阿古！

伊阿古：您还看见那方手帕吗？

奥赛罗：那就是我的吗？

伊阿古：我可以举手起誓，那是您的。瞧他多么看得起您那位痴心的太太！她把手帕送给他，他却拿去给了他的娼妇。

奥赛罗：我要用九年的时间慢慢儿折磨死他。一个高雅的女人！一个美貌的女人！一个温柔的女人！

伊阿古：不，您必须忘掉那些。

奥赛罗：嗯，让她今夜腐烂、死亡、堕入地狱吧，因为她不能再活在世上。不，我的心已经变成铁石了；我打它，反而打痛了我的手。啊！世上没有一个比她更可爱的东西；她可以睡在一个皇帝的身边，命令他干无论什么事。

伊阿古：您素来不是这个样子的。

231

奥赛罗：让她死吧！我不过说她是怎么样的一个人。她的针线活儿是这样精妙！一个出色的音乐家！啊，她唱起歌来，可以驯伏一头野熊的心！她的心思才智，又是这样敏慧多能！

伊阿古：唯其这样多才多艺，干出这种丑事来，才格外叫人气恼。

奥赛罗：啊！一千倍，一千倍的可恼！而且她的性格又是这样温柔！

伊阿古：嗯，太温柔了。

奥赛罗：对啦，一点不错。可是，伊阿古，可惜！啊！伊阿古！伊阿古！太可惜啦！

伊阿古：要是您对于一个失节之妇，还是这样恋恋不舍，那么索性采取放任主义吧；因为既然您自己也不以为意，当然更不干别人的事。

奥赛罗：我要把她剁成一堆肉酱。叫我当一个王八！

伊阿古：啊，她太不顾羞耻啦！

奥赛罗：跟我的部将通奸！

伊阿古：那尤其可恶。

奥赛罗：给我弄些毒药来，伊阿古，今天晚上。我不想跟她多费唇舌，免得她的肉体和美貌再打动了我的心。今天晚上，伊阿古。

伊阿古：不要用毒药，在她床上扼死她，就在那被她玷污了的床上。

奥赛罗：好，好，那是一个大快人心的处置，很好。

伊阿古：至于凯西奥，让我去取他的命吧。您在午夜前后，一定可以听到消息。

第四幕　第一场　塞浦路斯。城堡前

奥赛罗：好极了。（喇叭声）那是什么喇叭的声音？

伊阿古：一定是从威尼斯来了什么人。——是罗多维科奉公爵之命到这儿来了。瞧，您那位太太也跟他在一起。

【罗多维科、苔丝狄蒙娜及侍从等上。

罗多维科：上帝保佑您，尊贵的将军！

奥赛罗：祝福您，大人。

罗多维科：公爵和威尼斯的元老们问候您安好。（以信交奥赛罗）

奥赛罗：我敬吻他们的恩命。（拆信阅读）

苔丝狄蒙娜：罗多维科大哥，威尼斯有什么消息？

伊阿古：我很高兴看见您，大人，欢迎您到塞浦路斯来！

罗多维科：谢谢。凯西奥副将好吗？

伊阿古：他还健在，大人。

苔丝狄蒙娜：大哥，他跟我的丈夫闹了点儿别扭；可是您可以使他们言归于好。

奥赛罗：你有把握吗？

苔丝狄蒙娜：您怎么说，我的主？

奥赛罗：（读信）"务必照办为要，不得有误……"

罗多维科：他没有回答，他正在忙着读信。将军跟凯西奥果然有了意见吗？

苔丝狄蒙娜：有了很不幸的意见；为了我对凯西奥所抱的好感，我很愿意尽力调解他们。

奥赛罗：该死！

苔丝狄蒙娜：您怎么说，我的主？

奥赛罗：你聪明吗？

苔丝狄蒙娜：什么！他生气了吗？

罗多维科：也许这封信激动了他；因为照我猜想起来，他们是要召唤他回国，叫凯西奥代理他的职务。

苔丝狄蒙娜：真的吗？那好极了。

奥赛罗：当真？

苔丝狄蒙娜：您怎么说，我的主？

奥赛罗：你要是发了疯，我才高兴。

苔丝狄蒙娜：为什么，亲爱的奥赛罗？

奥赛罗：魔鬼！（击苔丝狄蒙娜）

苔丝狄蒙娜：我没有错处，您不该这样对待我。

罗多维科：将军，我要是把这回事情告诉威尼斯人，即使发誓说我亲眼看见，他们也一定不会相信我。这太过分了，向她赔罪吧，她在哭了。

奥赛罗：啊，魔鬼！魔鬼！要是妇人的眼泪有孳生化育的力量，她的每一滴泪都会变成一条鳄鱼。走开，不要让我看见你！

苔丝狄蒙娜：我不愿留在这儿害您生气。（欲去）

罗多维科：真是一位顺从的夫人。将军，请您叫她回来吧。

奥赛罗：夫人！

苔丝狄蒙娜：我的主？

奥赛罗：大人，您要跟她说些什么话？

罗多维科：谁？我吗，将军？

奥赛罗：嗯，您要我叫她回转来，现在她转过来了。她会转来转去，走一步路回一个身；她还会哭，大人，她还会哭；她是非常顺从的，正像您所说，非常顺从。尽管流你的眼泪吧。大人，这信上的意思——好一股装腔作势的劲儿！——是要叫我回去。——你去吧，等会儿我再叫人来唤你。——大人，我服从他们的命令，不日就可以束装上道，回到威尼斯去。——去！滚开！（苔丝狄蒙娜下）凯西奥可以接替我的位置。今天晚上，大人，我还要请您赏光便饭。欢迎您到塞浦路斯来！——山羊和猴子！（下）

罗多维科：这就是为我们整个元老院所同声赞叹，称为全才全德的那位英勇的摩尔人吗？这就是那喜怒之情不能把它震撼的高贵的天性吗？那命运的箭矢不能把它擦伤穿破的坚定的德操吗？

伊阿古：他已经大大变了样子啦。

罗多维科：他的头脑没有毛病吗？他的神经是不是有点错乱？

伊阿古：他就是这个样子，我可不愿说他该是怎么个样子。要是他没有他应该有的样子，老天保佑他有吧！

罗多维科：什么！打他的妻子！

伊阿古：真的，那可不大好；可是我但愿知道他对她没有比这更暴虐的行为！

罗多维科：他一向都是这样的吗？还是因为信上的话激怒了他，所以才会有这种以前所没有的过失？

伊阿古：唉！唉！按着我的地位，我实在不便把我所看见所知道的一切说出口来。您不妨留心注意他，他自己的行动就可以说明一切，用不到我多说了。请您跟上去，看他还有些什么花样做出来。

罗多维科：他竟是这样一个人，真使我大失所望啊。（同下）

第二场　城堡中一室

【奥赛罗及爱米利娅上。

奥赛罗：那么你没有看见什么吗？

爱米利娅：没有看见，没有听见，也没有疑心到。

奥赛罗：你不是看见凯西奥跟她在一起吗？

爱米利娅：可是我不知道那有什么不对，而且我听见他们两人所说的每一个字。

奥赛罗：什么！他们从来不曾低声耳语吗？

爱米利娅：从来没有，将军。

奥赛罗：也不曾打发你走开吗？

爱米利娅：没有。

奥赛罗：没有叫你去替她拿扇子、手套、面罩，或是什么东西吗？

爱米利娅：没有，将军。

奥赛罗：那可奇了。

爱米利娅：将军，我敢用我的灵魂打赌她是贞洁的。要是您疑心她有非礼的行为，赶快除掉这种思想吧，因为那是您心理上的一个污点。要是哪一个浑蛋把这种思想放进您的脑袋里，让上天罚他变成一条蛇，受永远的诅咒！假如她不是贞洁、贤淑而忠诚的，那么世上没有一个幸福的男人了；最纯洁的妻子，也会变成最丑恶的淫妇。

奥赛罗：叫她到这儿来，去。（爱米利娅下）她的话说得很动听，可是这种惯拉皮条的人，谁都是天生的利嘴。这是一个狡猾的淫妇，一肚子千刁万恶，当着人却会跪下来向天祈祷。我看见过她这一种手段。

【爱米利娅携苔丝狄蒙娜重上。

苔丝狄蒙娜：我的主，您有什么吩咐？

奥赛罗：过来，乖乖。

苔丝狄蒙娜：您要我怎么样？

奥赛罗：让我看看你的眼睛。瞧着我的脸。

237

苔丝狄蒙娜：这是什么古怪的念头？

奥赛罗：（向爱米利娅）你去干你的事吧，奶奶，把门关了，让我们两人在这儿谈谈心。要是有人来了，你就在门口咳嗽一声。干你的贵营生去吧，快，快！（爱米利娅下）

苔丝狄蒙娜：我跪在您的面前，请您告诉我您这些话是什么意思？我知道您在生气，可是我不懂您的话。

奥赛罗：嘿，你是什么人？

苔丝狄蒙娜：我的主，我是您的妻子，您的忠心不二的妻子。

奥赛罗：来，发一个誓，让你自己死后下地狱吧。因为你的外表太像一个天使了，倘不是在不贞之上，再加一重伪誓的罪名，也许魔鬼们会不敢抓你下去的；所以发誓说你是贞洁的吧。

苔丝狄蒙娜：天知道我是贞洁的。

奥赛罗：天知道你是像地狱一样淫邪的。

苔丝狄蒙娜：我的主，我对谁干了欺心的事？我跟哪一个人有不端的行动？我怎么是淫邪的？

奥赛罗：啊，苔丝狄蒙娜！去！去！去！

苔丝狄蒙娜：唉，不幸的日子！——您为什么哭？您的眼泪是为我而流的吗，我的主？要是您疑心这次奉召回国，是我父亲的主意，请您不要怪我；您要是失去了他，我同样也失去了他。

奥赛罗：要是上天的意思，要让我历受种种的折磨；要是他用诸般的痛苦和耻辱降在我的毫无防卫的头上，把我浸没在贫困的泥

第四幕 第二场 城堡中一室

沼里,剥夺我的一切自由和希望,我也可以在我的灵魂的一隅之中,找到一滴忍耐的甘露。可是唉!在这尖酸刻薄的世上,做一个被人戟指笑骂的目标!就连这个,我也还可以容忍;可是我的心灵失去了归宿,我的生命失去了寄托,我的活力的源泉干涸了,变成了蛤蟆们繁育生息的污池!忍耐,你朱唇韶颜的天婴啊,转变你的脸色,让它化成地狱般的狰狞吧!

苔丝狄蒙娜: 我希望我在我的尊贵的夫主眼中,是一个贤良贞洁的妻子。

奥赛罗: 啊,是的,就像夏天肉铺里的苍蝇一样贞洁,飞来飞去撒它的卵子。你这野草闲花啊!你的颜色是这样娇美,你的香气是这样芬芳,人家看见你嗅到你就会心疼;但愿世上从来不曾有过你!

苔丝狄蒙娜: 唉!我究竟犯了些什么我自己也不知道的罪恶呢?

奥赛罗: 这一张皎洁的白纸,这一本美丽的书册,是要让人家写上"娼妓"两个字去的吗?犯了什么罪恶!啊,你这人尽可夫的娼妇!我只要一说起你所干的事,我的两颊就会变成两座熔炉,把廉耻烧为灰烬。犯了什么罪恶!天神见了它要掩鼻而过;月亮看见了要羞得闭上眼睛;碰见什么都要亲吻的淫荡的风,也静悄悄躲在岩窟里面,不愿听见人家提起它。犯了什么罪恶!不要脸的娼妇!

苔丝狄蒙娜: 天啊,您不该这样侮辱我!

239

奥赛罗：你不是一个娼妇吗？

苔丝狄蒙娜：不，我发誓我不是，否则我就不是一个基督徒。要是为我的主保持这一个清白的身子，不让淫邪的手把它污毁，要是这样的行为可以使我免去娼妇的恶名，那么我就不是娼妇。

奥赛罗：什么！你不是一个娼妇吗？

苔丝狄蒙娜：不，否则我死后没有得救的希望。

奥赛罗：真的吗？

苔丝狄蒙娜：啊，上天饶恕我们！

奥赛罗：那么我真是多多冒昧了；我还以为你就是那个嫁给奥赛罗的威尼斯的狡猾的娼妇哩。——喂，你这位和圣彼得干着相反差使的，看守地狱门户的奶奶！

【爱米利娅重上。

奥赛罗：你，你，对了，你！我们的谈话已经完毕。这几个钱是给你作为酬劳的；请你开了门上的锁，不要泄漏我们的秘密。(下)

爱米利娅：唉！这位老爷究竟在转些什么念头呀？您怎么啦，夫人？您怎么啦，我的好夫人？

苔丝狄蒙娜：我是在半醒半睡之中。

爱米利娅：好夫人，我的老爷到底有些什么心事？

苔丝狄蒙娜：谁？

爱米利娅：我的老爷呀，夫人。

苔丝狄蒙娜：谁是你的老爷？

爱米利娅：我的老爷就是你的丈夫，好夫人。

苔丝狄蒙娜：我没有丈夫。不要对我说话，爱米利娅，我不能哭，我没有话可以回答你，除了我的眼泪。请你今夜把我结婚的被褥铺在我的床上，记好了；再去为我叫你的丈夫来。

爱米利娅：真是变了变了！（下）

苔丝狄蒙娜：我应该受到这样的待遇，全然是应该的。我究竟有些什么不检的行为——哪怕只是一丁点儿，才会引起他的猜疑呢？

【爱米利娅率伊阿古重上。

伊阿古：夫人，您有什么吩咐？您怎么啦？

苔丝狄蒙娜：我不知道。小孩子做了错事，做父母的总是用温和；的态度，轻微的责罚教训他们；他也应该这样责备我，因为我是一个娇养惯了的孩子，不惯受人家责备的。

伊阿古：怎么一回事，夫人？

爱米利娅：唉！伊阿古，将军口口声声骂她娼妇，用那样难堪的名字加在她的身上，稍有人心的人，谁听见了都不能忍受的。

苔丝狄蒙娜：我应该得到那样一个称呼吗，伊阿古？

伊阿古：什么称呼，好夫人？

苔丝狄蒙娜：就像她说我的主称呼我的那种名字。

爱米利娅：他叫她娼妇。一个喝醉了酒的叫花子，也不会把这种名字加在他的姘妇的身上。

伊阿古：为什么他要这样？

241

苔丝狄蒙娜：我不知道，我相信我不是那样的女人。

伊阿古：不要哭，不要哭。唉！

爱米利娅：多少名门贵族向她求婚，她都拒绝了；她抛下了老父，离乡背井，远别亲友，结果却只讨他骂一声娼妇吗？这还不叫人伤心吗？

苔丝狄蒙娜：都是我自己命薄。

伊阿古：他太岂有此理了！他怎么会起这种心思的？

苔丝狄蒙娜：天才知道。

爱米利娅：我可以打赌，一定有一个万劫不复的恶人，一个爱管闲事鬼讨好的家伙，一个说假话骗人的奴才，因为要想钻求差使，造出这样的谣言来；要是我的话说得不对，我愿意让人家把我吊死。

伊阿古：呸！哪里有这样的人？一定不会的。

苔丝狄蒙娜：要是果然有这样的人，愿上天宽恕他！

爱米利娅：宽恕他！一条绳子箍住他的颈项，地狱里的恶鬼咬碎他的骨头！他为什么叫她娼妇？谁跟她在一起？什么所在？什么时候？什么方式？什么根据？这摩尔人一定是上了不知哪一个千刁万恶的坏人的当，一个下流的大浑蛋，一个卑鄙的家伙！天啊！愿你揭破这种家伙的嘴脸，让每一个老实人的手里都拿一根鞭子，把这些浑蛋们脱光了衣服一顿抽，从东方一直抽到西方！

伊阿古：别嚷得给外边都听见了。

爱米利娅：哼，可恶的东西！前回弄昏了你的头，使你疑心我跟这摩尔人有暧昧的，也就是这种家伙。

伊阿古：好了，好了，你是个傻瓜。

苔丝狄蒙娜：好伊阿古啊，我应当怎样重新取得我的丈夫的欢心呢？好朋友，替我向他解释解释；因为凭着天上的太阳起誓，我实在不知道我怎么会失去他的宠爱。我对天下跪，要是在思想上行动上，我曾经有意背弃他的爱情；要是我的眼睛，我的耳朵，或是我的任何感觉，曾经对别人发生爱悦；要是我在过去、现在和将来，不是那样始终深深地爱着他，即使他把我弃如敝屣，也不因此而改变我对他的忠诚。要是我果然有那样的过失，愿我终身不能享受快乐的日子！无情可以给人重大的打击；他的无情也许会摧残我的生命，可是永不能毁坏我的爱情。我不愿提起"娼妇"两个字，一说起它就会使我心生憎恶，更不用说亲自去干那博得这种丑名的行为了；整个世界的荣华也不能诱动我。

伊阿古：请您宽心，这不过是他一时的心绪恶劣，在国事方面受了点刺激，所以跟您呕起气来啦。

苔丝狄蒙娜：要是没有别的原因——

伊阿古：只是为了这个原因，我可以保证。（喇叭声）听！喇叭在吹晚餐的信号了；威尼斯的使者在等候进餐。进去，不要哭，一

243

切都会圆满解决的。(苔丝狄蒙娜、爱米利娅下)

【罗德利哥上。

伊阿古：啊，罗德利哥！

罗德利哥：我看你全然在欺骗我。

伊阿古：我怎么欺骗你？

罗德利哥：伊阿古，你每天在我面前捣鬼，把我支吾过去；照我现在看起来，你非但不给我开一线方便之门，反而使我的希望一天一天微薄下去。我实在忍不住了。为了自己的愚蠢，我已经吃了不少的苦，这一笔账我也不能就此善罢甘休。

伊阿古：你愿意听我说吗，罗德利哥？

罗德利哥：哼，我已经听得太多了。你的说话和行动是不相符合的。

伊阿古：你太冤枉人啦。

罗德利哥：我一点没有冤枉你。我的钱都花光啦。你从我手里拿去送给苔丝狄蒙娜的珠宝，即使一个修女也会被它诱惑的；你对我说她已经收下了，告诉我不久就可以得到喜讯，可是到现在还不见一点动静。

伊阿古：好，算了，很好。

罗德利哥：很好！算了！我不能就此算了，朋友，这事情也不很好。我举手起誓，这种手段太卑鄙，我开始觉得我自己受了骗了。

伊阿古：很好。

罗德利哥：我告诉你这事情不很好。我要亲自去见苔丝狄蒙娜，要是她肯把我的珠宝还我，我愿意死了这片心，忏悔我这种非礼的追求；要不然的话，你留心点儿吧，我一定要跟你算账。

伊阿古： 你现在话说完了吧？

罗德利哥： 嗯，我的话都是说过就做的。

伊阿古： 好，现在我才知道你是一个有骨气的人；从这一刻起，你已经使我比从前加倍看重你了。把你的手给我，罗德利哥。你责备我的话，都是非常有理；可是我还要声明一句，我替你干这件事情，的的确确是尽忠竭力，不敢昧一点良心的。

罗德利哥： 那还没有事实的证明。

伊阿古： 我承认还没有事实的证明，你的疑心不是没有理由的。可是，罗德利哥，要是你果然有决心，有勇气，有胆量——我现在相信你一定有的——今晚你就可以表现出来；要是明天夜里你不能享用苔丝狄蒙娜，你可以用无论什么恶毒的手段、阴险的计谋，取去我的生命。

罗德利哥： 好，你要我怎么干？是说得通做得到的事吗？

伊阿古： 老兄，威尼斯已经派了专使来，叫凯西奥代替奥赛罗的职位。

罗德利哥： 真的吗？那么奥赛罗和苔丝狄蒙娜都要回威尼斯去了。

伊阿古： 啊，不，他要到毛里塔尼亚去，把那美丽的苔丝狄蒙娜一起带走，除非这儿出了什么事，使他耽搁下来。最好的办法，是把凯西奥除掉。

罗德利哥： 你说把他除掉是什么意思？

伊阿古：砸碎他的脑袋，让他不能担任奥赛罗的职位。

罗德利哥：那就是你要我去干的事吗？

伊阿古：嗯，要是你敢做一件对你自己有利益的事。他今晚在一个妓女家里吃饭，我也要到那边去见他。现在他还不知道他自己的好运。我可以设法让他在十二点钟到一点钟之间从那边出来，你只要留心在门口守候，就可以照你的意思把他处置；我就在附近接应你，他在我们两人之间一定逃不了。来，不要发呆，跟我去；我可以告诉你为什么他的死是必要的，你听了就会知道这是你的一件无可推辞的行动。现在正是晚餐的时候，夜过去得很快，准备起来吧。

罗德利哥：我还要听一听你要叫我这样做的理由。

伊阿古：我一定可以向你解释明白。（同下）

第三场　城堡中另一室

【奥赛罗、罗多维科、苔丝狄蒙娜、爱米利娅及侍从等上。

罗多维科：将军请留步吧。

奥赛罗：啊，没有关系，散散步对我也是很有好处的。

第四幕　第三场　城堡中另一室

罗多维科：夫人，晚安，谢谢您的盛情。

苔丝狄蒙娜：大驾光临，我们是十分欢迎的。

奥赛罗：请吧，大人。啊！苔丝狄蒙娜——

苔丝狄蒙娜：我的主？

奥赛罗：你快进去睡吧，我马上就回来的。把你的侍女们打发开了，不要忘记。

苔丝狄蒙娜：是，我的主。（奥赛罗、罗多维科及侍从等下）

爱米利娅：怎么？他现在的脸色温和得多啦。

苔丝狄蒙娜：他说他就会回来的。他叫我去睡，还叫我把你遣开。

爱米利娅：把我遣开！

苔丝狄蒙娜：这是他的吩咐。所以，好爱米利娅，把我的睡衣给我，你去吧，我们现在不能再惹他生气了。

爱米利娅：我希望您当初并不和他相识！

苔丝狄蒙娜：我却不希望这样。我是那么欢喜他，即使他的固执，他的呵斥，他的怒容——请你替我取下衣上的扣针——在我看来也是可爱的。

爱米利娅：我已经照您的吩咐，把那些被褥铺好了。

苔丝狄蒙娜：很好。天哪！我们的思想是多么傻！要是我比你先死，请你就把那些被褥做我的殓衾。

爱米利娅：得啦得啦，您在说呆话。

苔丝狄蒙娜：我的母亲有一个侍女名叫巴巴拉，她跟人家有了恋爱；她的爱人发了疯，把她丢了。她有一支《杨柳歌》，那是一支古老的曲调，可是正好说中了她的命运；她到死的时候，嘴里还在唱着它。那支歌今天晚上老是萦回在我的脑际；我的烦乱的心绪，使我禁不住侧下我的头，学着可怜的巴巴拉的样子把它歌唱。请你赶快点儿。

爱米利娅： 我要不要就去把您的睡衣拿来？

苔丝狄蒙娜： 不，先替我取下这儿的扣针。这个罗多维科是一个俊美的男子。

爱米利娅： 一个很漂亮的人。

苔丝狄蒙娜： 他的谈吐很好。

爱米利娅： 我知道威尼斯有一个女郎，愿意赤脚步行到巴勒斯坦，就只为了能碰一碰他的下嘴唇。

苔丝狄蒙娜： （唱）可怜的她坐在枫树下啜泣，

　　　　　　歌唱那青青杨柳；

　　她手抚着胸膛，她低头靠膝，

　　　　　　唱杨柳，杨柳，杨柳。

　　清澈的流水吐出她的呻吟，

　　　　　　唱杨柳，杨柳，杨柳；

　　她的热泪溶化了顽石的心——

把这些放在一旁。——（唱）

　　　　　　唱杨柳，杨柳，杨柳。

快一点,他就要来了。——(唱)

> 青青的柳枝编成一个翠环;
>
> 不要怪他,我甘心受他笑骂——

不,下面一句不是这样的。听!谁在打门?

爱米利娅: 是风哩。

苔丝狄蒙娜: (唱)我叫情哥负心郎,他又怎讲?

> 唱杨柳,杨柳,杨柳。
>
> 我见异思迁,由你另换情郎。

你去吧,晚安。我的眼睛在跳,那是哭泣的预兆吗?

爱米利娅: 没有这样的事。

苔丝狄蒙娜: 我听见人家这样说。啊,这些男人!这些男人!凭你的良心说,爱米利娅,你想世上有没有背着丈夫干这种坏事的女人?

爱米利娅: 怎么没有?

苔丝狄蒙娜: 你愿意为了整个世界的财富而干这种事吗?

爱米利娅: 难道您不愿吗?

苔丝狄蒙娜: 不,凭着天上的月光起誓!你愿意为了整个的世界而干这种事吗?

爱米利娅: 世界是一件很大的东西;干一件小小的坏事,换取这样大大的好处是合算的。

苔丝狄蒙娜: 真的,我想你不会。

249

爱米利娅：真的，我想我应该干的。为了一枚对合的戒指、几匹麻布或是几件衣服、几件裙子、一两顶帽子以及诸如此类的小玩意儿而叫我干这种事，我当然不愿。可是为了整个世界，谁不愿意为了让她的丈夫当皇帝而先让他当乌龟呢？我就是因此而下炼狱，也是甘心的。

苔丝狄蒙娜：我要是为了整个的世界，会干出这种丧心的事来，一定不得好死。

爱米利娅：世间的是非本来没有定准；您因为干了一件错事而得到整个的世界，在您自己的世界里，您还不能把是非颠倒过来吗？

苔丝狄蒙娜：我想世上不会有那样女人的。

爱米利娅：不仅有，还多着呢，多得能把她们靠风流手段换来的世界塞得满满的。照我想来，妻子的堕落总是丈夫的过失：要是他们疏忽了自己的责任，把我们所珍爱的东西浪掷在外人的怀里，或是无缘无故吃起醋来，约束我们行动的自由或是殴打我们，削减我们的花粉钱，我们也是有脾气的，就是生就温柔的天性，到了一个时候也是会复仇的。让做丈夫的人们知道，他们的妻子也和他们有同样的感觉：她们的眼睛也能辨别美恶，她们的鼻子也能辨别香臭，她们的舌头也能辨别甜酸，正像她们的丈夫们一样。他们厌弃了我们，别寻新欢，是为了什么缘故呢？是逢场作戏吗？我想是的。是因为爱情的驱使吗？我想也是的。还是因为喜新厌旧的人类常情吗？那也是一个理由。

那么难道我们就不会对别人发生爱情,难道我们就没有逢场作戏的欲望,难道我们就不是喜新厌旧,跟男人们一样?所以让他们好好儿对待我们吧;否则我们要让他们知道,我们所干的坏事都是出于他们的指教。

苔丝狄蒙娜:晚安,晚安!愿上天监视我们的言行;我不愿以恶为师,我只愿鉴非自警!(各下)

第五幕

第一场　塞浦路斯。街道

【伊阿古及罗德利哥上。

伊阿古：来，站在这堵披屋后面。他就会来的。把你的宝剑拔出鞘，看准要害刺过去。快，快，不要怕，我就在你旁边。成功失败，在此一举，你得下定决心。

罗德利哥：不要走开，也许我会失手。

伊阿古：我就在这儿，你的近旁。胆子放大些，站定了。（退后）

罗德利哥：我对于这件事情不是顶热心，可是他讲的理由十分充足。反正不过去掉了一个人。出来，我的剑，他必须死！

伊阿古：我已经激动这小脓包的心，他居然动起怒来了。不管是他杀死凯西奥，还是凯西奥杀死他，或者两败俱伤，对于我都是有好处的。要是罗德利哥活在世上，他总有一天要向我讨还那许多我从他手里干没下来说是送给苔丝狄蒙娜的金银珠宝；这可断断不能。要是凯西奥活在世上，他那种翩翩风度，叫我每天都要在他的旁边相形见绌；而且那摩尔人万一向他当面质问起来，我的阴谋就会暴露，那时候我的地位就非常危险了。不，他非死不可。就这样吧。我听见他来了。

【凯西奥上。

罗德利哥：我认识他走路的姿势，正是他。——恶人，你给我死吧！

（挺剑刺凯西奥）

凯西奥：幸亏我穿着一身好甲，否则那一剑一定会致我的死命。让我也来试一试你的甲牢不牢吧。（拔剑刺伤罗德利哥）

罗德利哥：啊，我死了！（伊阿古自后刺伤凯西奥腿，下）

凯西奥：我从此终身残废了！救命啊！杀了人啦！杀了人啦！（倒地）

【奥赛罗上。

奥赛罗：凯西奥的声音。伊阿古果然没有失信。

罗德利哥：啊，我真是个恶人！

奥赛罗：一点不错。

凯西奥：啊，救命哪！拿火来！找一个医生！

奥赛罗：正是他。勇敢正直的伊阿古呀，你这样奋不顾身，为你的朋友复仇雪耻，真是难得！你给我一个教训了。贱人，你心爱的人已经死在这儿，你的末日就在眼前。娼妇，我来了！从我的心头抹去你的媚眼的魔力，让淫邪的血溅洒你那被淫邪玷污了的枕席。（下）

【罗多维科及葛莱西安诺上。

凯西奥：喂！怎么！没有巡夜的逻卒？没有过路的行人？杀了人啦！杀了人啦！

葛莱西安诺：出了什么乱子啦？这叫声很是凄惨。

凯西奥：救命啊！

罗多维科：听！

罗德利哥：啊，该死的恶人！

罗多维科：两三个人在那儿呻吟。这是一个很阴沉的黑夜，也许他们是故意装出来的，我们人手孤单，冒冒失失过去恐怕不大安全。

罗德利哥：没有人来吗？那么我要流血而死了！

罗多维科：听！

【伊阿古持火炬重上。

葛莱西安诺：有一个人穿着衬衫，一手拿火，一手举着武器来了。

伊阿古：那边是谁？什么人在那儿喊杀人？

罗多维科：我们不知道。

伊阿古：你们听见一个呼声吗？

凯西奥：这儿，这儿！看在上天面上，救救我！

伊阿古：怎么一回事？

葛莱西安诺：这个人好像是奥赛罗麾下的旗官。

罗多维科：正是，一个很勇敢的汉子。

第五幕　第一场　塞浦路斯。街道

伊阿古：你是什么人，在这儿叫喊得这样凄惨?

凯西奥：伊阿古吗？啊，我被恶人算计，害得我不能做人啦！救救我！

伊阿古：哎哟，副将！这是什么恶人干的事?

凯西奥：我想有一个暴徒还在这儿，他逃不了。

伊阿古：啊，可恶的奸贼！（向罗多维科、葛莱西安诺）你们是什么人？过来帮帮忙。

罗德利哥：啊，救救我！我在这儿。

凯西奥：他就是恶党中的一人。

伊阿古：好一个杀人的凶徒！啊，恶人！（刺罗德利哥）

罗德利哥：啊，万恶的伊阿古！没有人心的狗！

伊阿古：在暗地里杀人！这些凶恶的贼党都在哪儿？这地方多么寂静！喂！杀了人啦！杀了人啦！你们是什么人？是好人还是坏人？

罗多维科：请你自己判断我们吧。

伊阿古：罗多维科大人吗?

罗多维科：正是，老总。

伊阿古：恕我失礼了。这儿是凯西奥，被恶人们刺伤，倒在地上。

葛莱西安诺：凯西奥！

伊阿古：怎么样，兄弟？

凯西奥：我的腿断了。

255

伊阿古：哎哟，罪过罪过！两位先生，请替我照火；我要用我的衫子把它包扎起来。

【比恩卡上。

比恩卡：喂，什么事？谁在这儿叫喊？

伊阿古：谁在这儿叫喊！

比恩卡：哎哟，我的亲爱的凯西奥！我的温柔的凯西奥！啊，凯西奥！凯西奥！凯西奥！

伊阿古：哼，你这声名狼藉的娼妇！凯西奥，照你猜想起来，向你下这样毒手的大概是些什么人？

凯西奥：我不知道。

葛莱西安诺：我正要来找你，谁料你会遭逢这样的祸事，真是恼人！

伊阿古：借给我一条吊袜带。好。啊，要是有一张椅子，让他舒舒服服躺在上面，把他抬去才好！

比恩卡：哎哟，他晕过去了！啊，凯西奥！凯西奥！凯西奥！

伊阿古：两位先生，我很疑心这个贱人也是那些凶徒们的同党。——忍耐点儿，好凯西奥。——来，来，借我一个火。我们认不认识这一张脸？哎哟！是我的同国好友罗德利哥吗？不。唉，果然是他！天哪！罗德利哥！

葛莱西安诺：什么！威尼斯的罗德利哥吗？

伊阿古：正是他，先生。你认识他吗？

葛莱西安诺：认识他！我怎么不认识他？

第五幕　第一场　塞浦路斯。街道

伊阿古：葛莱西安诺先生吗？请您原谅，这些流血的惨剧，使我礼貌不周，失敬得很。

葛莱西安诺：哪儿的话，我很高兴看见您。

伊阿古：你怎么啦，凯西奥？啊，来一张椅子！来一张椅子！

葛莱西安诺：罗德利哥！

伊阿古：他，他，正是他。（从者携椅上）啊！很好，椅子。几个人把他小心抬走；我就去找军医官来。（向比恩卡）你，奶奶，你也不用装腔作势啦。——凯西奥，死在这儿的这个人是我的好朋友。你们两人有些什么仇恨？

凯西奥：一点没有，我根本不认识这个人。

伊阿古：（向比恩卡）什么！你脸色变白了吗？——啊！把他抬到避风的地方。（众抬凯西奥、罗德利哥二人下）等一等，两位先生。奶奶，你脸色变白了吗？你们看见她眼睛里这一股惊慌的神气吗？哼，要是你这样睁大了眼睛，我们还要等着听一些新鲜的话儿哩。留心瞧着她。你们瞧，你们看见吗，两位先生？哼，犯罪的人不说话，他的罪行也终将大白于天下的。

爱米利娅：唉！出了什么事啦？出了什么事啦，丈夫？

伊阿古：凯西奥在这儿黑暗之中，被罗德利哥和几个在逃的同党袭击；他几乎送了性命，罗德利哥已经死了。

爱米利娅：哎哟，好一位绅士！哎哟，好凯西奥！

伊阿古：这是他爱嫖的结果。爱米利娅，你去问问凯西奥，他今天晚上在什么地方吃饭的。——什么！你听了这句话就发抖吗？

比恩卡：他在我家里吃饭，可是我并没有因此而发抖。

伊阿古：噢，他在你家里吃饭？你跟我走！

爱米利娅：呸，呸，你这不要脸的娼妇！

比恩卡：我不是娼妇，我跟你一样清白。

爱米利娅：跟我一样清白！呸！不要脸！

伊阿古：两位好先生，让我们去帮助帮助可怜的凯西奥，替他把伤口扎好。来，奶奶，你必须对我们讲老实话。爱米利娅，你快奔到城堡里去，告诉将军和夫人这儿发生了什么事。你们先请吧。（旁白）今夜是我的命运所寄，倘不能青云直上，就要一败涂地。（同下）

第二场　城堡中的卧室

【苔丝狄蒙娜睡床上，奥赛罗持灯上。

奥赛罗：只是为了一个原因，只是为了一个原因，我的灵魂！纯洁的星星啊，让我不要向你们说出这个原因！只是为了这一个原因……可是我不愿溅她的血，也不愿毁伤她那比白雪更皎洁、比石膏更腻滑的肌肤。可是她不能不死,否则她将要陷害更多的男子。让我熄灭了这一盏灯,然后再熄灭你的生命之灯。融融的灯光啊,我把你吹熄以后,要是我心生后悔,仍旧可以把你重新点亮;可是你,造化最精美的样本啊,你的火焰一旦熄灭,我不知道什么地方有那天上的神火,能够燃起你原来的光彩!我摘下了蔷薇,就不能再给它已失的生机,只好让它枯萎凋谢;当它还在枝头的时候,我要嗅一嗅它的芳香。(吻苔丝狄蒙娜)啊,甘美的气息!你几乎诱动公道的心,使她折断她的利剑了!再一个吻,再一个吻。愿你到死都是这样;我要杀死你,然后再爱你。再一个吻,这是最后的一吻了;这样销魂,却又是这样无比的惨痛!我必须哭泣,然而这些是无情的眼泪。这一阵阵悲伤是神圣的,因为它要惩罚的正是它最疼爱的。她醒来了。

苔丝狄蒙娜: 谁?奥赛罗吗?

奥赛罗: 嗯,苔丝狄蒙娜。

苔丝狄蒙娜: 您要睡了吗,我的主?

奥赛罗: 你今晚有没有祈祷过,苔丝狄蒙娜?

苔丝狄蒙娜: 祈祷过了,我的主。

奥赛罗: 要是你想到在你的一生之中,还有什么罪恶不曾为上帝所宽宥,赶快恳求他的恩赦吧。

苔丝狄蒙娜: 哎哟!我的主,您这句话是什么意思?

奥赛罗: 嘿,祈祷吧,干脆点儿,我就在一旁等着你。我不愿杀害你的没有准备的灵魂,不,上天禁止这种罪行!我不愿杀害你的灵魂。

苔丝狄蒙娜: 您在说杀人的话吗?

奥赛罗: 嗯,是的。

苔丝狄蒙娜: 那么愿上天垂怜于我!

奥赛罗: 阿门,但愿如此!

苔丝狄蒙娜: 要是您这样说,我希望您不至于把我杀死。

奥赛罗: 哼!

苔丝狄蒙娜: 可是我怕您,因为您的眼珠这样滚转的时候,您已是动了杀机。我不知道我为什么害怕,因为我不知道我有什么罪,可是我觉得害怕。

奥赛罗: 想想你的罪恶吧。

苔丝狄蒙娜: 除非我对您的爱是罪恶,我不知道我有什么罪恶。

奥赛罗: 好,你必须因此而死。

苔丝狄蒙娜: 为了爱而被杀,那样的死是违反人情的。唉!您为什么这样咬着您的下唇呢?一种饮血的欲念震撼您的全身,这便是它的征兆;可是我希望,我希望您的怒气不是对我而发。

奥赛罗: 闭嘴,不要作声!

苔丝狄蒙娜: 是。可是请您告诉我究竟为了什么事?

奥赛罗: 你把我给你的那条我的心爱的手帕送给凯西奥。

苔丝狄蒙娜: 不,凭着我的生命和灵魂起誓!您叫他来问好了。

第五幕　第二场　城堡中的卧室

奥赛罗：好人儿，留心不要发伪誓，你已经死在眼前了。

苔丝狄蒙娜：不，我现在还不能死。

奥赛罗：你必须立刻死，所以赶快坦白招认你的罪恶吧；即使你发誓否认每一件事实，也不能除去那使我痛心的坚强的确信。你必须死。

苔丝狄蒙娜：那么愿上帝垂怜于我！

奥赛罗：阿门。

苔丝狄蒙娜：愿您也大发慈悲！我生平从不曾得罪过您，也从不曾用上天所不容的非分的爱情滥施在凯西奥的身上；我没有给过他什么东西。

奥赛罗：苍天在上，我亲眼看见我的手帕在他的手里。欺罔神明的妇人！你使我的心变成坚硬；我本来想把你作为献祭的牺牲，现在却被你激起我的屠夫的恶念来了。我明明看见那手帕的。

苔丝狄蒙娜：那么是他在什么地方拾到的，我没有给他。叫他到这儿来，让他供认事实的真相。

奥赛罗：他已经承认了。

苔丝狄蒙娜：承认什么，我的主？

奥赛罗：承认他已经和你发生关系。

苔丝狄蒙娜：怎么？非法的关系吗？

奥赛罗：嗯。

苔丝狄蒙娜：他不会这样说的。

261

奥赛罗：是的，他的嘴已经闭住，正直的伊阿古已经把他解决了。

苔丝狄蒙娜：啊，我的恐惧竟成事实！什么！他死了吗？

奥赛罗：即使他每一根头发里都有生命，我的复仇的怒火也会把它们一起吞下。

苔丝狄蒙娜：唉！他被人陷害，我的一生也从此断送了！

奥赛罗：不要脸的娼妇！你当着我的面为他哭泣吗？

苔丝狄蒙娜：啊，我的主，把我放逐，可是不要杀我！

奥赛罗：倒下，娼妇！

苔丝狄蒙娜：明天杀我，让我活过今天！

奥赛罗：不，要是你想挣扎——

苔丝狄蒙娜：给我半点钟的时间！

奥赛罗：已经决定了，没有挽回的余地。

苔丝狄蒙娜：可是让我做一次祷告吧！

奥赛罗：太迟了。（扼苔丝狄蒙娜咽喉）

爱米利娅：（在内）将军，将军！喂！将军，将军！

奥赛罗：这是什么声音？没有死吗？还没有完全死去吗？我虽然狠心，却还有几分慈悲；我不愿你多挨受一刻痛苦。好，好。

爱米利娅：（在内）喂！将军，将军！

奥赛罗：哪一个？

爱米利娅：（在内）啊，将军！我要跟您说句话儿。

奥赛罗：是的，这是爱米利娅。——等一等。——她死了。她大概

第五幕 第二场 城堡中的卧室

是来通报凯西奥的死讯。外边已经听得见嘈杂的声音。嘿！一动也不动了吗？像坟墓一样沉寂。要不要让她进来？妥当不妥当？我想她又在动了。不。怎么办呢？要是她进来，她一定要跟我的妻子说话。我的妻子！我的妻子！什么妻子？我没有妻子。啊，难堪！啊，不幸的时辰！我想现在日月应该晦暗不明，受惊的地球看见这种非常的灾变，也要吓得目瞪口呆。

爱米利娅：（在内）啊，好将军！请您让我进来对您说句话儿。

奥赛罗：我忘记了。啊，进来，爱米利娅。慢慢，等一等。让我把帐幕拉下来。你在哪儿？（启锁开门）

【爱米利娅上。

奥赛罗：现在你可有什么事？

爱米利娅：啊，好将军！那边出了杀人命案啦！

奥赛罗：什么！现在？

爱米利娅：就是刚才，将军。

奥赛罗：那都是因为月亮走错了轨道，比平常更近地球，所以人们都发起疯来了。

爱米利娅：将军，凯西奥杀死了一个名叫罗德利哥的威尼斯青年。

奥赛罗：罗德利哥被杀了！凯西奥也被杀了吗？

爱米利娅：不，凯西奥没有死。

奥赛罗：凯西奥没有死！那么杀人的计划出了差错，痛快的复仇又有了变卦啦。

263

苔丝狄蒙娜：啊，死得好冤枉呀！

爱米利娅：哎哟！那是什么呼声？

奥赛罗：那！什么？

爱米利娅：哎哟！那是夫人的声音。救命！救命啊！救命！啊，夫人，再说一声话儿！亲爱的苔丝狄蒙娜！啊，亲爱的夫人，说呀！

苔丝狄蒙娜：我是无罪而死的。

爱米利娅：啊！这是谁干的事？

苔丝狄蒙娜：谁也没有干，是我自己。再会吧，替我向我的仁慈的夫君致意。啊，再会吧！（死）

奥赛罗：啊！她怎么会被人杀死的？

爱米利娅：唉！谁知道？

奥赛罗：你听见她说是她自己，我没有杀死她。

爱米利娅：她是这样说，我只好按照事实去报告。

奥赛罗：她到地狱的火焰里去，还不愿说一句真话。杀死她的是我。

爱米利娅：啊，那么她尤其是一个天使，你尤其是一个黑魔鬼了！

奥赛罗：她干了无耻的事，她是个淫妇。

爱米利娅：你冤枉她，你是个魔鬼。

奥赛罗：她像水一样轻浮。

爱米利娅：你说她轻浮，你自己才像火一样粗暴。啊，她是圣洁而忠贞的！

奥赛罗：凯西奥干了她，不信你去问你的丈夫吧。啊，要是我采取这种极端的手段，并没有正当的理由，死后就要永远堕入地狱的底层！你的丈夫一切全都知道。

爱米利娅：我的丈夫！

奥赛罗：你的丈夫。

爱米利娅：他知道她不守贞节吗？

奥赛罗：嗯，他知道她跟凯西奥有暧昧。嘿，要是她是个贞洁的妇人，即使上帝为我用一颗完整的宝石另外造一个世界，我也不愿用她去交换。

爱米利娅：我的丈夫！

奥赛罗：嗯，他最初告诉我这件事。他是个正人君子，他痛恨卑鄙龌龊的行为。

爱米利娅：我的丈夫！

奥赛罗：妇人，为什么把这句话说了又说呢？我是说你的丈夫。

爱米利娅：啊，夫人！你因为多情，受了奸人的愚弄了！我的丈夫说她不贞！

奥赛罗：正是他，妇人，我说你的丈夫，你懂得这句话吗？我的朋友，你的丈夫，正直的，正直的伊阿古。

爱米利娅：要是他果然说了这样的话，愿他恶毒的灵魂每天一分一寸地糜烂！他全然胡说！她对于她的最卑鄙的野蛮人是太痴心了。

奥赛罗： 嘿！

爱米利娅： 随你把我怎么样吧。你配不上这样的好妻子，你这种行为是上天所不容的。

奥赛罗： 还不闭嘴！

爱米利娅： 你没有半分力量可以伤害我，我也不会让人欺侮。啊，笨伯！傻瓜！泥土一样蠢的家伙！你已经做了一件大大不该的事——我不怕你的剑；我要宣布你的罪恶，即使我将要因此而丧失二十条生命。救命！救命啊！救命！摩尔人杀死了夫人啦！杀了人啦！杀了人啦！

【蒙太诺、葛莱西安诺、伊阿古及余人等上。

蒙太诺： 什么事？怎么，将军！

爱米利娅： 啊！你来了吗，伊阿古？你做的好事，人家都把杀人的罪名架在你头上啦！

葛莱西安诺： 什么事？

爱米利娅： 你倘是个汉子，赶快否认这恶人所说的话吧；他说你告诉他他的妻子不贞。我知道你不会说这种话，你还不会是这样一个恶人。说吧，我的心都要胀破了。

伊阿古： 我不过把我自己的意思告诉他，我对他所说的话，已经由他自己证实了。

爱米利娅： 可是你有没有对他说她是不贞的？

伊阿古： 我对他说过。

爱米利娅：你说谎，一个可憎的、万恶不赦的谎！凭着我的灵魂起誓，一个谎，一个罪恶的谎！她跟凯西奥私通！你说她跟凯西奥私通吗？

伊阿古：跟凯西奥私通，太太。好了好了，收住你的舌头吧。

爱米利娅：我不收住我的舌头，我必须说话。夫人在这床上给人谋杀了。

众人：啊，哪会有这样的事！

爱米利娅：都是你造的谣言，引起这场血案。

奥赛罗：各位不必惊慌，这事情是真的。

葛莱西安诺：真有这样的事，那可奇了！

蒙太诺：啊，骇人的行为！

爱米利娅：诡计！诡计！诡计！我现在想起来了。啊，诡计！那时候我就有些怀疑，我要伤心死了！啊，诡计！诡计！

伊阿古：什么！你疯了吗？快给我回家去！

爱米利娅：各位先生，让我有一个说话的机会。照理我应该服从他，可是现在却不能服从他。也许，伊阿古，我永远不再回家了。

奥赛罗：啊！啊！啊！（扑卧床上）

爱米利娅：哼，你躺下来哭叫吧，因为你已经杀死一个世间最温柔纯洁的人。

奥赛罗：啊，她是淫污的！我简直不认识您啦，叔父。那边躺着您的侄女,她的呼吸刚才被我这双手扼断;我知道这件行为在世人眼中看起来是惊人而惨酷的。

葛莱西安诺:可怜的苔丝狄蒙娜!幸亏你父亲已经死了;你的婚事是他致死的原因,悲伤摧折了他衰老的生命。要是他现在还活着,看见这种惨状,一定会干出一些疯狂的事情来的。他会诅咒天地,赶走身边的保护天使,毁灭了自己的灵魂。

奥赛罗:这诚然是一件伤心的事,可是伊阿古知道她曾经跟凯西奥干过许多回无耻的勾当,凯西奥自己也承认了。她还把我的定情礼物送给凯西奥,表示接受他的献媚。我看见它在他的手里;那是一方手帕,我父亲给我母亲的一件古老的纪念品。

爱米利娅:天啊!天上的神明啊!

伊阿古:算了,闭住你的嘴!

爱米利娅:事情总会暴露的,事情总会暴露的。闭住我的嘴?不,不,我要像北风一样自由地说话;让天神、世人和魔鬼全都把我嘲骂羞辱,我也要说我的话。

伊阿古:放明白一些,回家去吧。

爱米利娅:我不愿回家。(伊阿古拔剑欲刺爱米利娅)

葛莱西安诺:呸!你向一个妇人动武吗?

爱米利娅:你这愚笨的摩尔人啊!你所说起的那方手帕,是我偶然拾到,把它给了我的丈夫的;虽然那只是一件小小的东西,他却几次三番恳求我给他偷了来。

伊阿古：长舌的淫妇！

爱米利娅：她送给凯西奥！唉！不，是我拾到了，把它交给我的丈夫的。

伊阿古：贱人，你说谎！

爱米利娅：苍天在上，我没有说谎，我没有说谎，各位先生。杀人的傻瓜啊！像你这样一个蠢才，怎么配得上这样好的妻子呢？

奥赛罗：天上没有石块，可以像雷霆一样打下来吗？好一个奸贼！

（向伊阿古扑奔；蒙太诺缴下奥赛罗手中武器；伊阿古刺爱米利娅；逃下）

葛莱西安诺：这妇人倒下来了；他把他的妻子杀死了。

爱米利娅：是，是，啊！把我放在夫人的一旁吧！

葛莱西安诺：他去了，他的妻子给他杀了。

蒙太诺：这是一个罪大恶极的凶徒。你把这一柄我从这摩尔人手里夺下来的剑拿了。来，在门外看守好了，别让他出去；他要是想逃走，尽管把他杀死。我要去追那恶人，那是一个不可宽恕的家伙。（蒙太诺、葛莱西安诺下）

奥赛罗：我的勇气也离我而去了，每一个孱弱的懦夫都可以夺下我的剑来。可是奸恶既然战胜了正直，哪里还会有荣誉存在呢？让一切都归于幻灭吧！

爱米利娅：你的歌儿是一个预兆吗，夫人？听，你听不听见我的声音？我要像天鹅一般在歌声里死去。（唱）

> 杨柳，杨柳，杨柳……

摩尔人，她是贞洁的；她爱你，狠心的摩尔人。我说的是真话，愿我的灵魂享受天福；我的话是跟我的思想一致的。我死了，我死了。（死）

奥赛罗： 我还有一柄剑在这屋子里，那是一柄用冰泉的水所浸炼的西班牙宝剑。啊，在这儿！叔父，我一定要出来。

葛莱西安诺：（在内）你要是敢试一试，就得付重大的代价；你没有武器，只好屈服。

奥赛罗： 那么进来瞧瞧我吧，我有话对你说。否则我虽然没有武器，也只好不顾一切跟你拼一下了。

【葛莱西安诺重上。

葛莱西安诺： 什么事？

奥赛罗： 瞧！我有一柄剑，从来不曾在一个战士的身边佩带过一柄比它更好的剑。凭着这小小一条手臂和这一柄利剑，我曾经冲破二十倍于你们这样人数的包围；可是，无聊的夸口啊！谁能主宰他自己的命运呢？现在我已经没有那样的本领了。虽然你看我拿着武器，可是不用害怕，这儿是我的旅途的终点，我的航程的最后的目标。你吓得退走了吗？这是不必要的惊恐；谁只要拿一根灯草向奥赛罗的胸前挺了过来，他也会向后退缩的。奥赛罗应该到什么地方去呢？——啊，让我再看看你的脸庞吧，薄命的女郎！像你的衬衣一样惨白！我们在天庭对簿的时候，你这一副脸色就可以把我的灵魂赶下天堂,让魔鬼把它抓去。你的全身冰冷,我的恋人!正像你的贞洁一样凛若寒霜。啊,该死的,该死的奴才!魔鬼啊,把我从这天仙一样美人的面前鞭逐出去吧!让狂风把我吹卷,硫磺把我熏烤,沸汤的深渊把我沉浸!啊,苔丝狄蒙娜!苔丝狄蒙娜!死了!啊!啊!啊!

【罗多维科、蒙太诺、二侍从以卧椅抬凯西奥上。警吏等押伊阿古同上。

罗多维科: 这鲁莽而不幸的人在哪儿?

奥赛罗: 那就是从前的奥赛罗;我在这儿。

罗多维科: 那条毒蛇呢?把这恶人带上来。

奥赛罗: 据说魔鬼的脚是分趾的,让我看看他的脚是不是这样。要是你真的是一个魔鬼,我也不能杀死你。(刺伤伊阿古)

罗多维科: 把他手里的剑夺下来。

伊阿古: 我不过流了点儿血,还没有给他杀死。

奥赛罗: 那也好,我要你留着活命。因为在我看来,死倒是一桩幸福。

罗多维科: 啊,奥赛罗!你本来是一个很好的汉子,却会中一个万恶的奸人的诡计,我们应该对你怎么说呢?

奥赛罗: 随便你们怎么说吧。要是你们愿意,不妨说我是一个正直的凶手,因为我所干的事,都是出于荣誉的观念,不是出于猜嫌的私恨。

罗多维科: 这恶人已经一部分承认了他的奸谋。杀死凯西奥是你跟他同谋的吗？

奥赛罗： 是的。

凯西奥： 主帅，我从来不曾得罪过您。

奥赛罗： 我相信你的话，请你原谅我吧。你们问一问那个顶着人头的恶魔，为什么他要这样陷害我的灵魂和肉体？

伊阿古： 什么也不要问我；你们所知道的，你们已经知道了。从这一刻起，我不再说一句话。

罗多维科： 什么！你也不要祈祷吗？

葛莱西安诺： 酷刑可以逼你开口。

奥赛罗： 你还是说吧。

罗多维科： 将军，你将要明白经过的一切，我相信你现在还是一点没有知道。这是从已死的罗德利哥衣袋里搜到的一封信；这儿还有一封；其中一封信里说到杀死凯西奥的事情由罗德利哥动手执行。

奥赛罗： 啊，奸贼！

凯西奥： 野蛮残忍的阴谋！

罗多维科： 这儿还有一封从他的衣袋里找到的充满着怨言的信。看来好像是罗德利哥预备寄给这个万恶的奸人的，可是信还没有寄出，伊阿古就来给他满足了。

奥赛罗： 啊，恶毒的奸贼！凯西奥，我的妻子的手帕怎么会到你手里的？

凯西奥：我在我的房间里找到它。他刚才已经亲口承认有意把它丢在那边，借此可以达到他自己的图谋。

奥赛罗：啊，傻瓜！傻瓜！傻瓜！

凯西奥：在罗德利哥的信里，他又埋怨伊阿古不该撺掇他在我值夜的时候向我寻事；我就是为了那一回事情而被撤职的。就在刚才，他从长时间的昏迷中醒了过来，还说起他一切都受伊阿古的指使，结果却是伊阿古伤了他的生命。

罗多维科：你必须离开这所屋子，跟我们去。你的军队和兵权必须全都交卸，让凯西奥主持塞浦路斯的军政重务。对于这一个家伙，我们将要用一切巧妙的酷刑加在他的身上，使他遍受种种的痛苦而不至于立刻死去。我们还要把你严密监禁，等候威尼斯政府判决你的罪状。来，把他带下去。

奥赛罗：且慢，在你们未去以前，再听我说一两句话。我对于国家曾经立过相当的功劳，这是执政诸公所知道的。那些话现在也不用说了。当你们把这种不幸的事实报告他们的时候，请你们在公文上老老实实照我本来的样子叙述，不要徇情回护，也不要恶意构陷；你们应当说我是一个在恋爱上不智而过于深情的人；一个不容易发生嫉妒，可是一旦被人煽动以后，就会感到极度烦恼的人；一个像那种糊涂的印度人一般，把一颗比他整个部落所有的财产更贵重的珍珠随手抛弃的人；一个虽然不惯于流妇人之泪，可是当他被感情征服的时候，也会像涌流着胶

液的阿拉伯胶树一般两眼泛滥的人。请你们把这些话记下,再
补充一句说:在阿勒坡地方,曾经有一个裹着头巾、怀着敌意
的土耳其人殴打一个威尼斯人,诽谤我们的国家,那时候我
就一把抓住这受割礼的狗子的咽喉,像这样把他杀了。(以剑
自刺)

罗多维科: 啊,惨酷的结局!

葛莱西安诺: 一切说过的话,现在又要颠倒过来了。

奥赛罗: 我在杀死你以前,曾经用一吻和你诀别;现在我自己的生
命也在一吻里终结。(倒仆在苔丝狄蒙娜身上,死)

凯西奥: 我早就担心会有这样的事发生,可是我还以为他没有武
器;他的心地是光明正大的。

罗多维科: (向伊阿古)你这比痛苦、饥饿和大海更凶暴的猛犬啊!
瞧瞧这床上浴血的尸身吧;这是你干的好事。这样伤心惨目的
景象,赶快把它遮盖起来吧。葛莱西安诺,请您接收这一座屋子,
这摩尔人的全部家产,都应该归您继承。总督大人,怎样处置
这一个恶魔般的奸徒,什么时候、什么地点、用怎样的刑法,
都要请您全权办理,千万不要宽纵他!我现在就要上船回去禀
明政府,用一颗悲哀的心报告这一段悲哀的事故。(同下)